황소 바위

이야기꾼 주형후의 성인 동화

황소 바위

초판 1쇄 인쇄일	2023년 4월 1일
초판 1쇄 발행일	2023년 4월 7일

지은이	주형후
펴낸이	최길주

펴낸곳	도서출판 BG북갤러리
등록일자	2003년 11월 5일(제318-2003-000130호)
주소	서울시 영등포구 국회대로72길 6, 405호(여의도동, 아크로폴리스)
전화	02)761-7005(代)
팩스	02)761-7995
홈페이지	http://www.bookgallery.co.kr
E-mail	cgjpower@hanmail.net

ⓒ 주형후, 2023

ISBN 978-89-6495-268-9 03810

이야기꾼 주형후의 성인 동화

황소바위

주형후 지음

a Bull-shaped Rock

BG 북갤러리

머리글

희망을 품은 사람들이 살아가며 실수하기 좋은 것들...

사람은 누구나 각기 다른 환경에서 태어나지만, 그 궁극적인 목표는 무탈하고 행복하게 사는 것이다. 그렇기에 사람들은 다른 사람과 싸움도 하며 경쟁을 해도 가슴속에는 항상 더 나은 미래에 대한 꿈을 갖고 있다. 그런 희망을 품은 사람들이 살아가며 실수하기 좋은 것들을 모아 책을 꾸며 봤다. 비록 짧은 토막글의 모음이지만 난 그 속에 한 가지라도 도움이 될만한 사연을 만들어 썼다. 또, 결론을 도출하지 않은 글도 있는데 그것은 독자들의 상상으로 마무리 짓기를 바라서이다.

사람은 누구나 도움을 주고 도움을 받으며 살아가야 하는 사회적인 동물이다. 어머니 뱃속에서 나올 때는 다 같이 벌거벗었다. 누가 금수저고 누가 흙수저고 간에 똑같다. 하지만 자라며 자기가 처한 운명을 어떻게 극복하느냐에 따라 평생이 좌우된다.

모든 사람에게 똑같이 주어진 것 중의 하나가 목숨이다. 이 목숨이 다하면 한 세대는 끝이 난다. 하지만 값으로 따질 수 없는 그 목숨을 어떻게 이어나가 천수를 다하느냐 하는 것은 바로 개개인의 노력 여하에 달려 있다. 바람이 태풍만 있는 것이 아니다. 강풍, 중풍, 약풍, 미풍 외에도 수많은 세기의 바람이 있듯 인간도 수많은 부류가 있다. 그 부류를 뛰어넘는 것이야말로 흙수저를 탈피하는 것이다.

사람은 운명처럼 하던 대로 정해진 길만 걷기를 원한다. 하지만 그 정해진 길을 벗어나는 것은 자신의 경험과 노력뿐이고, 그리하면 그 결과는 더 큰 만족을 느낄 수 있는 일이 반드시 있는 것이다.

세상을 살면서 만들지 말아야 하는 것이 있다. 그것은 바로 나의 적이다. 불신과 배신이 쌓이면 적이 된다. 특히 금력, 권력, 학력을 앞세운다면 적은 얼마든지 만들어진다. 나의 적은 언제 어디서든 나에게 독이 될 수 있으니 모두에게 현명한 처세를 하고 그들이 원하는 것이 무엇인가를 생각하면 된다.

사람은 살며 실수를 하게 되어 있다. 그 실수를 적게 하는 자야말로 한 시대를 풍미하며 사는 사람이 될 수 있다. 우리가 한목숨 살아가는 동안은 어떤 과정을 어떻게 사느냐가 중요하지, 되는대로 살다 가는 사람처럼 어리석은 사람은 살 자격이 없는 것이고 그런 성공적인 모험 뒤에는 반드시 위험이 따르고 결정을 내리기 어려운 순간도 있다. 하지만 성공한 사람은 그런 위험과 주위 환경을 기가 막히게 유용한다. 지적인 배움은 삶의 보조 수단에 불과하다. 머릿속의 지식으로 상황을 바꾸는 일은 무척 어렵다. 나에게 도움이 되는 상황만을 찾으면 앞날의 변화는 생길 수 없다.

생각은 누구나 할 수 있지만, 실천은 누구나 할 수 없다. 그렇기에 사람은 실천하다가 실수를 한다. 신이 아니기 때문이다.

지금까지 버텨 왔으니 더는 물러설 길도, 도로 뒤돌아 갈 길도 없이 직진만 해야 하는 길이 인생길이지만 비록 늦었다 싶어도 내 운명과는 나만이 맞설 수 있다는 걸 잊지 말자.

지은이 주형후

차례

3부 황금 돼지

4부 번개와 형제들

1부

물웅덩이와 바윗돌

구멍난 양말

원하는 대학은 아니지만, 합격은 했어도 등록금이 없어 포기했을 때입니다. 어떻게 아셨는지 담임선생님한테 연락이 왔습니다. 친구가 대학 합격 후 인사차 갔다가 저의 일을 이야기한 겁니다.

만나자는 말씀을 듣고 만날까, 말까 하는 마음속에 고민을 이틀 동안 하다가 선생님을 뵈었습니다.

"등록금 납부 통지서를 내일까지 가져오너라."

"저, 괜찮은데요."

"딴소리하지 말고 내일까지 꼭 가져와!"

저는 부끄럽기도 하고 자포자기하다 저녁 무렵에서야 선생님을 뵈었습니다. 등록금 납부서를 받아든 선생님은

"아직 저녁 안 먹었지? 밥 먹으러 가자."

근처의 중국집에서 선생님은 보통, 저에게는 짜장면 곱빼기를 시켜 주셨는데 그러고 보니 아침 식후 아무것도 먹지 않아서 그런지 배가 매우 고팠습니다. 선생님이 절반도 잡수시기 전에 이미 제가 그릇을

물리자 주방을 향해

"사장님, 여기 한 그릇 더 해주세요."

흔한 말로 한참 때라서인지 그마저 다 비웠습니다. 이젠 배도 든든해졌습니다.

"한 그릇 더할래?"

"아니요."

저는 손사래를 쳤습니다. 배가 가득 찼기 때문입니다.

입학등록금은 선생님이 대신 내주었습니다. 저는 아르바이트도 하고 가정교사도 하며 학교를 졸업하려고 애를 썼습니다. 그렇게 세월이 가고 우여곡절 끝에 졸업 후 취직이 되어 월급을 탔지만, 그 월급은 꼬박꼬박 어머니의 손에서 모였습니다. 저는 아버지가 없습니다. 어머니에 의해 자랐기 때문에 어머니가 저의 대변인이셨던 것입니다.

그러던 어느 날.

상여금을 받고 선생님과 만날 약속을 하였습니다. 손에는 그럴싸한 선물꾸러미와 사모님 그리고 자녀에게 줄 선물도 준비하고 음식 잘한다는 고급 식당의 내실 방에서 선생님 내외분을 뵈었습니다.

음식 나오기 전에 두 분에게 큰절을 올리는데 좌정하신 선생님의 다리가 상 밑으로 보였습니다. 평소 무릎이 좋지 않은 선생님은 상 밑으로 다리를 뻗으셨는데 한쪽 발은 발바닥 앞부분에, 다른 발은 엄지발가락 부분에 구멍이 난 양말을 신고 있었습니다. 가슴이 아팠습니다.

선생님 봉급으로 집안 살림하고 아이 둘을 기르시면서도 제자를 돕는 선생님이 정말 고맙고 안쓰러웠습니다. 사실 저 말고도 한 해에 거의 한 명씩은 선생님의 도움을 받는다는 소문은 진작부터 듣고 있었습니다.

절을 올리고 난 저는 구멍 난 양말이 눈에 어리고 자꾸만 떠올라 왈칵 울음이 나오는 것을 참자니 음식이 어떻게 입으로 들어갔는지도 몰랐습니다.

돈 없는 농부

도시에서 살던 농부는 돈도 없이 시골 고향으로 돌아갔습니다. 그렇지만 고향에는 농부를 반겨주는 사람이 아무도 없었습니다. 부모님도 이 세상에 안 계시고 농토도 예전에 다 팔아서 아무 곳에도 정착할 곳이 없었습니다. 그래도 농부는 자기가 살던 고향이 왠지 그립고 포근하여 그곳으로 갈 수밖에 없었습니다. 농부가 고향에 왔지만, 고향에는 아는 친구도 없었고 후배가 두어 명 있었지만, 돈도 없는 농부를 반기지 않았습니다.

우선 농부는 빈집을 수리하여 살게 되었습니다. 그리고 이장을 비롯해 이 사람, 저 사람을 만나면 농사지을 땅이 있는지를 물었습니다.

그러나 마을 근처 평지에 그런 땅은 없었습니다. 단 한 군데가 있는데 동네에서 멀리 떨어진 골짜기 논밭으로, 주인도 어디론가 이사를 하고 몇 년째 농사를 짓지 않은 버려진 땅이었습니다.

농부는 그 땅을 가꾸기로 하고 우선 잡초가 우거진 땅을 갈아엎었습니다. 그리고 물을 대고 논에 비료를 뿌렸습니다. 모판에 볍씨를 뿌려

정성껏 길렀습니다. 모가 어느 정도 자랐습니다. 모내기를 하려 했으나 누구도 도와주는 사람이 없었습니다. 농부는 혼자 몸으로 몇 날에 걸쳐 손으로 모내기를 했습니다. 정성껏 돌보자 모는 보답이라도 하려는 듯 쑥쑥 잘 자랐습니다. 이때쯤 비료를 뿌리고 농약을 살포하면 타작 때까지 무난할 것만 같지만 농부는 농약이나 비료를 살 돈이 없었습니다. 농부는 농약 판매상에 갔습니다.

"가을에 추수해서 갚을 테니 농약과 비료를 외상으로 좀 주시오."

"농약 몇 병은 값이 싸니 드릴 수 있지만, 논밭을 다 뿌릴 비료는 금액이 많아 드리기가 곤란합니다."

돈이 없는 농부는 외상으로 가져온 농약만 하고 비료는 주지 못했지만 다른 사람들은 모두 비료와 농약을 충분히 했습니다. 그러자 비료를 준 다른 농부들 논과 비료를 주지 않은 농부의 논에서 자란 벼는 키가 차이가 났습니다. 키뿐이 아니고 낱알도 적게 맺혔습니다. 농부는 가슴이 아팠지만 어쩔 수 없었습니다.

그래도 농부는 김을 매고 물꼬를 보며 게을리하지 않고 논을 살폈습니다.

그렇게 농사지은 벼는 가을이 오니 고개를 숙이며 노래지려 했습니다.

그런데 그때입니다. 남태평양에서 발달한 열대 저기압이 점차 북쪽으로 올라오며 비를 뿌리고 바람을 일으켰습니다. 태풍이 발생한 겁니다. 모든 농민은 근심과 걱정으로 태풍이 지나갈 때만 기다렸습니다. 점점 바람이 세어진 태풍은 농경지를 모두 휩쓸고 할퀴어 많은 재산

피해를 줬습니다. 나무가 뿌리째 뽑히고 하우스는 모두 내려앉거나 날아갈 정도이며 가림막이나 어설픈 지붕은 순식간에 날아갔습니다.

그렇게 비와 바람을 뿌리던 태풍은 다음날 지나갔습니다. 농부들은 모두 밖으로 나와 집을 둘러보고 논밭을 살폈습니다. 그런데 이게 웬일일까요?

모든 논의 키가 큰 나락들은 이리저리 엉키어 넘어졌지만 가난한 농부의 키 작은 나락만은 그대로 서 있었습니다. 그리고 가을 햇빛을 받아 노랗게 빛나고 고개를 숙인 채 산들바람에 이리저리 움직였습니다.

며칠 지나 이번에는 동네에 타작이 시작됐습니다. 콤바인이라는 기계가 지나가면 벼 밑동이 베어지고 기계 속을 지나면서 벼는 짚만 남고 낱알들은 떨어져 자루로 모여졌습니다. 자루에 모인 낱알들은 큰 부대에 담겼습니다. 그렇지만 가난한 농부는 콤바인을 빌려 쓸 돈도 부족했습니다. 그래서 며칠간을 허리를 굽혀 낫으로 벼 포기를 베어야 했습니다. 그리고 탈곡기를 돌려 낱알들을 뜯어냈습니다. 떨어진 낱알들을 비닐을 깔고 말렸습니다. 그리고 자루에 담았습니다. 이렇게 모은 벼들은 먹을 만큼만 남기고 모두 나라에 팔았습니다. 그런데 정부에서 벼를 받고 지급한 돈이 차이가 났습니다. 가난한 농부의 벼가 제일 비싼 가격을 받은 겁니다.

가난한 농부의 벼는 낱알은 적어도 깨끗했지만 다른 논의 넘어진 벼들은 싹이 나고 부스러져 좋은 쌀로 등급을 못 받은 겁니다. 가난한 농부는 비료를 못 한 것이 오히려 전화위복이 되었고 농약값을 갚고도 많은 돈이 남았습니다.

양쪽 다리

오른쪽 다리를 저는 아이가 있었습니다. 아이는 항상 걸을 때마다 오른쪽 다리를 절뚝거려야만 했습니다.

아이가 아주 어려서 걸음마를 배우며 아장아장 걸을 때였습니다. 우유배달 아줌마가 왔는데 아이의 엄마는 아파트 문을 열어놓은 채 돈을 가지러 방으로 들어갔습니다. 그때 아이는 한 걸음 두 걸음 걸어 나오다 계단에서 넘어져 굴러 무릎이 깨졌습니다. 아이는 죽어라 하고 울었고 피가 났습니다. 아이 엄마는 아이를 안고 병원으로 달려갔습니다. 그렇지만 아이가 너무 어려 제대로 치료를 할 수 없었습니다. 그때부터 아이는 자라며 다리를 절게 된 겁니다.

아이의 어머니는 아이가 행여 다른 다리마저 다칠까 봐 항상 불안해하며 아이를 보살폈습니다. 어서 돈을 많이 모아 아이의 다리를 고쳐주려고 부지런히 일도 했습니다. 아이는 씩씩하게 잘 자라 학교에 다니게 되었고 오늘도 만나는 사람마다 큰소리로 인사를 했습니다.

"아저씨, 오늘도 안녕하셨어요?"

"응, 그래. 학교 잘 다녀오거라."

특히 경비아저씨는 항상 아이를 걱정해주는 사람이었습니다.

그런데 아이의 왼쪽 다리는 항상 불만이었습니다. 오른쪽 다리는 힘도 못 쓰므로 왼쪽 다리가 항상 더 많은 힘을 쓰고 걸음 폭도 넓게 띄어야만 했습니다. 몸무게도 왼쪽 다리에 의지하고 잠을 잘 때도 굽은 오른쪽 다리에 맞춰 같이 구부린 채 모로 누워 자야 했습니다. 오른쪽 다리는 항상 왼쪽 다리에게

"미안해. 항상 너에게만 일을 시켜서. 그래도 어쩌겠니? 아이가 걸을 때는 우리가 서로 도와야지."

그래도 왼쪽 다리는 오른쪽 다리에게

"걷는 일 하고 싶으면 너나 해. 난 걷거나 뛰기 싫어."

하며 아이가 작은 도랑을 건널 때도 넓게 뛰지 않아 아이를 도랑에 빠뜨리거나 고인 물을 건널 때도 힘을 주지 않아 아이를 엉덩방아 찧게 했습니다. 또 일부러 힘을 빼 아이가 그 자리에서 주저앉게 하기도 했습니다. 다른 아이들은 '절름발이 병신'이라며 아이를 놀렸고 밀어 넘어뜨리기도 했습니다. 어른들은

"저런 쯧쯧. 다리만 벌려도 되는 걸 그것도 못 건너니?"

하고 지나갔습니다. 다만 경비 아저씨만이 흙 묻은 아이를 안아 흙을 털어주고 엘리베이터까지 바래다주며

"참아, 참고 열심히 네 할 일만 하거라."

하고 울려 하는 아이를 달랬습니다. 아이는 바지를 다 버리고 집에 들어갔지만, 아이의 어머니만은

"오늘도 온다고 힘들었지? 그래도 무사히 집에 왔구나. 의자에 앉으렴. 옷 갈아입고 밥 먹자."

아이에게 엄마가 없었다면 혼자 살 수가 없었을 겁니다.

그러던 아이가 5학년 때 어느 날입니다. 아이의 엄마는 아이를 택시에 태우고 병원으로 갔는데 돈을 모은 엄마가 아이의 다리를 수술해주기 위해서였습니다.

드디어 아이가 수술대에 눕고 의사는 아이의 다리를 고쳤습니다. 너무 아파 울며 주사를 매일 맞아야 했지만, 엄마가 울면서 안아줄 때면 아이는 아픔을 참고 울음을 그쳤습니다. 두 달이 지나자 아이는 전보다 훨씬 잘 걸었고 석 달이 지나자 거의 완벽하게 걸을 수 있었습니다. 이제는 아이들에게 놀림도 받지 않게 되었습니다. 그런데 아이의 왼쪽 다리가 이번에는 아프기 시작했습니다. 그동안 왼쪽 다리가 너무 힘들게 오른쪽 다리의 일까지 했었기 때문입니다. 왼쪽 다리도 수술해야 했으나 엄마는 이제 돈이 없었습니다. 아이는 이제 왼쪽 다리를 절기 시작했습니다. 이제는 오른쪽 다리가 힘을 쓰고 왼쪽 다리를 보살폈습니다. 왼쪽 다리는 미안했습니다.

"미안해, 전에는 내가 너무 힘들게 했었지? 내가 벌을 받았나 봐."

왼쪽 다리는 진심 어린 사과를 오른쪽 다리에게 했습니다. 그런데 오른쪽 다리는 부드럽게 웃으며

"괜찮아. 누구나 언제든 시련은 있는 것 아니겠니? 우리 함께 열심히 이 어려움을 이겨보자."

오른쪽 다리는 왼쪽 다리를 다독이며 아이가 걸을 때마다 더욱 힘을

주었습니다. 아이는 아이대로 잘 걸으려고 자꾸만 노력했습니다. 그런 아이를 본 엄마는 매일 눈물을 지었습니다. 사실 엄마는 돈을 모으기가 쉽지 않았습니다. 엄마가 회사에 출근하는 시간은 아이의 등교 시간보다 빨랐고 퇴근 시간은 아이의 하교 시간보다 늦었습니다. 그래서 엄마는 돈이 적어도 슈퍼의 아르바이트나 전단 돌리기 정도를 하고 아이의 하교 시간보다 빨리 와야만 했습니다. 그렇게 짧은 일을 하므로 돈을 많이 받을 수 없었습니다.

아이가 태어나기 한 달 전에 아이 아빠는 세상을 떠났습니다. 회사의 재고물건 조사 중 물건이 쏟아져 아이 아빠는 물건에 깔렸던 것입니다. 회사에서는 관리 책임자를 해고했고 아이 엄마에게 사고 보상금을 줬습니다. 엄마는 그 돈으로 지금 사는 아파트를 샀으나 먹고 살거나 관리비, 아이의 학비는 엄마가 벌어서 내야 했습니다. 나라에서는 장애를 가진 이 집에 장애인 연금도 주지 않았습니다. 젊은 엄마가 있고 집이 있다는 이유입니다. 기초연금도 없습니다. 그래서 힘들 때면 엄마는 신세를 한탄하거나 아이 아빠를 생각하며 눈물을 흘리며 울었고, 그럴 때마다 아이는 엄마의 목을 끌어안고

"엄마, 울지 마. 나 씩씩하고 공부 잘하면 울지 않기로 약속했잖아."

그러면 엄마도 울음을 그쳤습니다.

아이의 왼쪽 다리는 점점 더 아파갔습니다. 이제는 걷는 것이 아니라 다리를 끌고 다닌다고 해야 할 정도였습니다. 오른발은 오른발대로 노력했으나 왼발이 아픈 아이는 왼발을 들려면 아파 인상을 쓰고 눈물을 찔끔 흘려야 했습니다.

아이는 체육 시간이 싫었습니다. 모두 체육복으로 갈아입고 운동장에서 뛰어놀며 경기를 하지만 아이는 혼자 체육복을 갈아입기도 힘들기 때문입니다. 담임선생님은 학생들이 모두 땀을 흘리며 운동할 때면 아이도 그늘이 아닌 햇빛에 앉아 같이 땀을 흘리며 보고 배우라고 하기 때문입니다.

아이가 6학년 졸업을 했습니다. 아이는 공부를 잘했어도 등하교 시에 보살필 사람이 없어서 중학교를 포기 했습니다. 물론 엄마와 상의도 했습니다. 엄마는 펄펄 뛰었지만 아이는 오히려 엄마를 달랬습니다.

"엄마, 에디슨이나 아인슈타인도 집에서 공부했어요. 나도 할 수 있어요."

엄마는 아이의 어깨를 끌어안고, 아이는 엄마의 목을 안고 또다시 한참을 울었습니다. 엄마는 돈을 벌러 나가야 하므로 아이는 집에서 공부하거나 인터넷 강의를 듣기로 했습니다.

며칠 뒤 아이가 무거운 다리를 끌고 아파트 밑 슈퍼에서 화장지를 사서 돌아올 때입니다. 근처에 사는 동창생 영희를 만났습니다. 영희의 아버지는 교감 선생님이었습니다.

"엄마는 어데 가고 네가 물건을 사가니?"

"회사에 가셨지."

"참, 너 이번에 중학교에 진학하지 않는다며?"

"응, 그래. 집이 좀 어려워서…… 잘 가라."

아이는 창피했지만 그래도 씩씩하게 말을 하고 영희와 헤어져 집으로 돌아갔습니다. 그런데 이 말을 그대로 다 듣고 있는 사람이 한사람 있었습니다. 바로 그 아파트의 경비 아저씨였습니다.

다음 날입니다. 교감 선생님인 영희의 아빠가 저녁에 아이의 집을 찾아와 아이 엄마와 상의를 하고 돌아갔고, 그다음 날은 어떤 우편물이 아이에게 도착했습니다. 우편물에는 다른 주소는 아무것도 씌어있지 않았습니다. 아이와 함께 뜯은 봉투 속에서는 3천만 원 수표가 들어있고, 작은 메모지에는 이런 글귀가 적혀 있었습니다.

'이 돈으로 다리도 수술하고 학교에 꼭 진학하도록 하렴. 아빠를 잘 아는 사람이.'

아이와 엄마는 눈이 동그래져서 어쩔 줄을 몰랐습니다. 오히려 부들부들 떨기까지 했습니다. 엄마는 집 살 때 빼고는 이런 큰돈을 만지거나 본적도 없기 때문입니다. 엄마는 겨울의 긴 밤을 한숨도 자지 못하고 날이 밝자 근처 파출소를 찾았습니다.

"주인을 찾아 주세요. 모르는 사람에게 이런 편지나 돈은 받을 수 없습니다."

엄마가 집으로 돌아오자 이번에는 구청 직원이 그를 맞이했습니다. 집안을 둘러보고 나서 사는 형편과 이야기를 듣고는 고개를 끄덕이며 돌아갔습니다.

교감 선생님과 구청 직원의 주선으로 아이는 전동 휠체어를 받았고 중학교도 배정을 받게 되었습니다. 아이는 중학교에 가는 기쁨도 잠시 엄마의 직장이 걱정되어 물었습니다.

"엄마, 나 중학교에 가지 말아야겠지?"

"아니다. 이왕 이렇게 된 거니 가라. 어찌 되든 될 것이다. 가면 너 할 일이나 열심히 하도록 하렴."

다음 날 저녁이었습니다.

아이와 엄마가 저녁을 먹을 때 파출소장이 들어왔습니다. 그리고 "차렷, 경례!"를 하더니 어제의 3천만 원 수표를 돌려주는 겁니다.

"이 돈은 이 아파트의 경비아저씨가 이 집에 주는 겁니다. 제가 조사를 해 본 바로는 이 아파트의 경비가 회사생활을 할 때 물건을 잘못 쌓아 무너지는 바람에 사람이 죽었답니다. 아마 관리 책임자였다지요. 그래서 그 가족들에게 조금이나마 은혜를 갚으려고 이 돈을 드린다고 했습니다. 그러니 받으세요."

이 말을 듣고 엄마는 또 부들부들 떨었습니다. 물건이 쏟아져 아이 아빠를 죽게 한 사람이 이 아파트의 경비아저씨였단 말인가? 아이 아빠가 세상을 떠났을 때 기가 막혀 가슴 치며 울던 그 장면이 떠오른 겁니다. 왜 하필 그렇게 물건을 쌓았던가? 왜 물건이 무너질 때 꼭 그 자리를 지나야만 했단 말인가?

엄마는 엉엉 울며 밑의 경비실을 찾았습니다.

"경비 아저씨, 어디 계세요?"

그러자 웬 낯선 사람이

"제가 경빕니다. 새로 왔어요."

그제야 엄마는 먼저 경비아저씨가 아빠 회사의 선배였던 것을 알게 되었습니다. 또 그가 일부러 이 아파트 경비를 한 것도 알았습니다. 그는 경비 일을 하면서도 아이 집안을 항상 살펴보고 있었던 것입니다.

진학을 도운 교감 선생님과 구청 직원의 방문도 영희와 경비아저씨가 조르고 힘써서 이루어진 덕이었습니다.

그때 아이의 왼발이 오른발에게 쌀쌀하게 말했습니다.

"조금 있으면 나도 수술하니 이제 네 신세 질 날도 며칠 안 남았다."

그러자 오른발이 처음으로 화를 버럭 내며

"너 정말 왜 이러니? 우리는 항상 서로 돕고 살지 않으면 안 되는 걸 정말 모른다는 거야?"

작은 어부

조그만 어촌마을이 있었습니다.

만(灣)을 중심으로 이장 집을 비롯해 어촌계장과 부녀회장이 살고 있고 다른 집들이 근처에 모여 마을을 이루었습니다.

이 마을 길에서 절벽을 돌아 작은 만처럼 약간 굽은 곳에 외딴집이 한 채 있습니다. 이 외딴집에는 등이 굽은 꼽추가 흰 개 한 마리와 살고 있었는데, 마을 사람들은 그쪽을 잘 가지 않았습니다. 그것은 꼽추 혼자 살고 있고 '볼 일이 있으면 꼽추가 와야 한다.'라고 꼽추를 무시했기 때문입니다. 배를 타고 물고기를 잡을 때나 특별한 일이 있어야 바다로 해서 그쪽을 가 볼 뿐입니다.

꼽추 청년은 외롭고 심심했지만 혼자서 작은 배를 가지고 근처의 바다에서 열심히 고기를 잡아 수협 공판장에서 팔곤 했습니다.

바람이 세게 부는 날에도 그는 터진 그물을 손질하며 게으름 피우지 않고 몸이 아파도 참으며 혼자 열심히 살았습니다.

꼽추의 친구들은 자주 구판장에서 술이나 음료수를 마시며 마을의 발전을 이야기했습니다. 돈을 많이 버는 방법으로 은행의 자금을 빌려서 가두리 바다 양식장을 조성하자는 사람도 있고, 마을에 민박을 꼽추가 사는 외딴집까지 조성하면 돈을 많이 벌 수 있다고도 했습니다. 그러려면 외딴집을 사들여야만 했지요.

이 사실을 모르는 꼽추는 오늘도 작은 그물을 바다에 던지며 생각했습니다.

'배가 조금만 더 컸더라면 저 바다 멀리까지 나가서 더 많은 큰 물고기를 잡을 수 있을 텐데.'

물길 두 개가 부딪히는 곳에는 고기가 모였습니다. 그렇지만 작은 배로는 가까운 곳에서 작은 물고기를 잡아먹으러 오는 큰 물고기를 기다리는 수밖에 없었습니다. 꼽추도 그것을 잘 알고 있었습니다.

그러던 어느 날.

마을의 청년들이 외딴집에 모였습니다. 그리고는 이장이 이름 대신 꼽추의 꼽을 빼고 추라는 별명을 부르며

"추야, 이번에 마을에서 여기까지 관광지를 만들려 하네."

꼽추 청년은 내키지 않았지만, 마을 사람들 원하는 대로

"좋을 대로 해."

"그래. 그러니 그렇게 알고 있어. 추야, 우리 간다."

그러면서 꼽추가 집을 비켜줘야 한다는 말은 아무도 하지 않았는데, 그것은 힘으로 밀어붙여 싼값으로 빼앗을 작정이었습니다.

꼽추는 꼽추대로 '그렇게 되면 큰 배로 관광객을 실어 나를 수도 있겠지.' 하며 통장에 차곡차곡 쌓인 돈을 찾아 더 크고 멋진 배를 샀습

니다. 엔진도 성능이 좋아 빠르고, 배도 넓어 물건을 많이 실을 수 있고, 좀 더 바다 멀리까지 나가 큰 고기를 더 잡을 수 있었습니다.

그런데 진달래꽃이 온 산을 물들이던 어느 날부터 꼽추 집 앞바다가 소란스러워지며 많은 배가 모여 바닷속에 파이프를 박고 잠수부가 드나들더니 하얀 스티로폼 부표를 수십 개를 띄우며 그물을 설치했습니다. 꼽추의 배는 바다에 드나들 때마다 한참을 돌아 그물을 피해 다녀야 했지요. 그래도 꼽추는 이장의 말이 있었기에 '꾹' 참았습니다. 그런데 불도저라는 땅 차가 마을에서부터 길을 넓히며 외딴집 쪽으로 다가왔고, 바위 절벽은 굴착기라는 기계로 부숴버리니 아침부터 저녁까지 마을은 한시도 조용하지 않았고 시끄러웠습니다. 그렇게 시끄러워 고기도 잘 잡히지 않았지만, 문제는 굴착기가 외딴집의 앞마당을 찍어내는 겁니다. 꼽추는 운전 기사에게

"뭐하시는 거예요? 남의 집 텃밭을 부수고 마당을 파내면 어떡해요?"

"이장과 이야기됐다면서요?"

"그런 이야기는 없었으니 이장 불러오든가, 아니면 공사 그만 해요."

곧이어 이장을 비롯한 마을 청년들이 나타나서

"추야, 전에 이야기했잖아. 대를 위해 소가 희생해야지."

"무슨 말이야, 난 못 들었어. 난 어디로 가라고."

"전에 공사한다고 했잖아. 그리고 저 너머로 이사하면 조용하고 좋잖아."

"공사한다는 소리는 했지만 내 집을 수용한다고는 말 안 했잖아! 난

부모가 물려준 이 집에서 이사 못 해."

이렇게 옥신각신하여 싸우는 통에 공사는 중단되었고, 굴착기는 공터에 주차한 채 공사가 재개되기만 기다리며 날을 보냈습니다. 꼽추는 남들과 시비하지 않으려고 멀리 돌아다녔고 물고기 잡는 일만을 계속했지요. 마을 사람들은 모두 공사를 못 하게 하는 꼽추를 욕했습니다.

마을 청년들은 치어를 사다 넣어 물고기를 키우고, 또 종패를 사다 넣어 전복을 키웠습니다. 그러면서 꼽추가 배를 타고 다니는 길목을 일부러 막거나, 그물이나 부이 토막 등 쓰레기를 꼽추네 마당에 쌓아 놓으며 꼽추를 괴롭혔습니다. 그래도 꼽추는 그들과 싸우지 않고 묵묵히 고기만 잡고 할 일만 했습니다. 그리고 일이 없는 날은 개와 장난하며 놀았습니다.

그렇게 날이 가고 계절이 가자 공사는 중단되고 일하던 인부들도 모두 돌아갔습니다. 마을 사람들에게 꼽추는 고집쟁이요, 마을 발전을 막는 나쁜 놈이라고 손가락질받는 대상이 되었습니다. 아무리 그래도 꼽추는 부모님이 남긴 터전을 떠나기 싫었습니다.

계절이 흘러 늦여름 어느 날 오후입니다.

며칠째 비바람이 휘몰아치고 번갯불이 번쩍이며 천둥과 번개가 치기에 꼽추는 집에서 꼼짝을 못 하고 방 안에만 있었습니다. 그런데 갑자기 '스르륵' 소리가 크고 작게, 간간이 나며 개가 자꾸만 짖어 이상한 생각에 비옷을 입은 꼽추는 빗속을 나서 마을 쪽으로 길을 떠났으나 이내 걸음을 멈춰야 했습니다. 그것은 지난가을 절벽을 파고 길을 넓힌 곳에서 토사와 나무가 '스르륵' 소리를 내며 가끔 흘러내려 길을 막았기 때문입니다. 이제 꼽추네 집과 마을은 흘러내린 토사를 치우기 전에는 땅으로는 오갈 수 없게 되었습니다.

바닷가에 나와서 배를 보니 그 높은 파도가 쳐도 며칠 전에 단단히 고박하여 배는 끄떡없었습니다. 집으로 발길을 돌리려 할 때입니다. 갑자기 눈앞의 산더미 같은 파도 속에서 조그만 쪽배가 한 척 나타나서는 꼽추에게 다가오며

"추 아저씨, 추 아저씨! 빨리 좀 와 봐요."

그는 비를 쫄딱 맞은 청년회장이었습니다.

"큰일 났어요. 어장이 다 뒤집힐 판인데 작은 배는 힘이 없어 안 되고 큰 배가 가서 귀퉁이를 당겨 단단히 묶어야 하는데 큰 배가 없어요. 아저씨가 도와줘야겠어요!"

그러자 꼽추는

"내 배보다 큰 이장 배하고 어촌계장, 부녀회장 집 배도 있잖아."

"아, 그 배들 지금 다 나갔는데 배 한 대가 부족해요. 부탁합니다. 아저씨가 나가줘야겠어요. 저건 마을 공동 재산인데 잘못되면 우리 모두 거지 돼요."

"나는 관련 없잖아."

애초부터 마을 사람들은 꼽추를 마을 공동 운영에 끼워주지 않았던 것입니다.

"알아요, 압니다. 그래도 좀 도와줘요. 그 배들 다음으로 큰 배는 이 배밖에 없잖아요. 제발 도와주세요."

비바람 속에 밖은 어두워지려 하고 파도는 여전히 높았습니다. 지금

나가면 작은 배들은 파도에 휩쓸려 금방 뒤집힐 겁니다. 목숨도 위태로운 상황입니다. 꼽추는 자기 집 마당에 쌓여있는 쓰레기를 생각했고 텃밭을 뭉개버린 마을 사람들을 떠올렸으나, 이내 고개를 흔들며 배를 바다에 내렸습니다. 그리고 능숙한 솜씨로 어장으로 배를 달렸습니다.

끊어진 밧줄 근처를 두 척이 잡아서 파도를 피해 힘껏 달리면 어장 그물이 펴집니다. 그때 잽싸게 두 척의 배가 고정을 해야 합니다. 비바람 속의 파도를 헤치며 이렇게 여기저기를 돌면서 수십 곳 모두 손을 다 보아야 합니다.

마침내 일을 마쳤을 때는 밤 열 시가 넘었지만, 모두 웃으며 랜턴 불을 밝히며 마을로 배를 몰았습니다. 집으로 향해 배를 모는 꼽추를 이장이 불러세웠습니다.

모두가 비에 흠뻑 젖은 몸으로 마을 부녀회장 집에서 뜨끈한 라면과 수제비에 밥을 말아 먹으며 마을 사람들은 진심으로 꼽추에게 감사했습니다. 그리고 수고했다며 꼽추의 손을 꼭 잡으며

"오늘은 늦었으니 우리 집에서 자고 가라."

모두 꼽추를 붙잡았습니다. 다행히 오늘 도와줘 큰일을 했다며 꼽추에게 감사했고 마을 길은 넓히되 꼽추 집 뒤로 돌아 길을 내기로 했습니다.

꼽추도 기분이 좋았습니다. 모두에게 자기가 필요했기 때문입니다. 모든 이가 지금은 어두워 위험하니 청년회장 집에서 자고 가라고 잡았습니다. 꼽추도 내일 날이 밝고 파도가 잦아지면 돌아가 개에게 먹이를 많이 주리라 마음먹었습니다.

물웅덩이와 바윗돌

대지에 여름 가뭄이 한 달이 넘게 계속되었습니다. 식물이나 가축은 물론 사람이 먹을 물조차 부족하다고 사람들의 아우성이 여기저기에서 들렸습니다. 그뿐이 아닙니다. 비가 오지 않으니 햇빛만 쨍쨍하고 여름 더위에 땅이 뜨끈뜨끈합니다.

농부는 애가 탔습니다. 채소가 물이 없어 말라가고 있었습니다. 사람이나 짐승뿐 아니라 식물을 비롯해 생명을 가진 생물은 모두 물이 필요했습니다. 그런데 비는 오지 않고 계속 덥기만 하니 보이는 물은 자꾸만 줄어들고 사람들은 늘어져 차가운 것만 찾았습니다.

그 무더위 속에 농부도 물이 필요했습니다. 말라가는 채소밭에 뿌려주기 위함입니다. 농부는 이곳저곳을 살펴보다가 밭의 구석 바위틈에서 똑똑 떨어지는 물을 발견했습니다. 이곳을 파고 넓히면 물이 고일 것이고 그러면 밭에 아쉬운 대로 조금씩 물을 뿌릴 수 있을 것 같았습니다. 농부가 파고 들어가자 바위 뒤쪽에서 물이 조금씩 흘러나왔습니다. 그런데 바위 뒤쪽부터는 남의 밭입니다. 농부는 잠시 고민을 했지만, 바위 밑을 계속 팠습니다. 제법 큰 웅덩이가 생기고 물이 고이기 시작했습니다. 이제 내일 물을 퍼다 채소밭에 조금씩이라도 뿌리기만 하면 됩니다.

다음날 물이 많이 고였을 거로 생각한 농부가 밭에 나갔습니다. 그런데 물은 얼마 없었습니다. 그래서 여기저기를 살펴보니 바위 뒤쪽에 웅덩이가 하나 더 생겼고 물은 모두 그 웅덩이에 고여 있었습니다. 바위 뒤쪽 밭 주인도 물이 필요하여 그곳에 더 큰 웅덩이를 판 것입니다.

농부는 다시 바위 뒤쪽보다 깊은 웅덩이를 팠습니다. 그러자 물이 고이기 시작했습니다. 힘을 너무 많이 쓴 농부는 피곤해 집으로 돌아왔습니다. 다음 날 가보니 파 놓은 웅덩이에는 물이 없고 바위 뒤쪽 웅덩이는 더욱더 깊이 파여있었습니다. 물은 모두 그곳에 고여 있었습니다.

농부는 곡괭이와 삽을 가지고 뒤쪽보다 더 깊은 웅덩이를 파다가 멈췄습니다. 그리고 앉아서 기다렸습니다. 아침부터 기다린 것이 점심때가 지나 해가 질 때쯤 뒤쪽 밭 주인이 나타났습니다. 두 사람은 서로의 사정을 이야기하고 같이 웅덩이를 파기 시작했습니다. 앞쪽과 뒤쪽웅덩이만 파는 것이 아닙니다. 바윗돌의 주위도 이곳저곳을 넓찍하게 팠습니다. 밤이 지나가고 새벽 동이 틀 때쯤에야 바윗돌의 모습이 드러나기 시작했습니다.

두 농부는 집에 있는 가족들을 모두 불렀습니다. 두 농부네 가족들은 손에 동아줄과 새끼줄을 들고 나타났습니다. 동아줄과 새끼줄로 바윗돌의 이곳저곳을 묶었습니다. 모두 숲 쪽으로 서서 "영차!" 하며 힘을 썼습니다. 그러자 그 큰 바위가 사람들의 힘으로 조금씩 움직이기 시작했습니다. 그렇게 조금씩, 조금씩 숲으로 바윗돌을 옮기자 그 자리에는 아주 커다란 웅덩이가 생겼습니다. 그리고 그 웅덩이에는 전보다 훨씬 많은 물이 고이기 시작했습니다.

다음날부터 두 농부는 사이좋게 그릇에 물을 담아 자기의 채소밭에 뿌릴 수 있었습니다.

아이와 새총

한 아이가 있었습니다. 아이는 부모가 없이 형과 단둘이 살고 있었습니다. 형이 고학년이라 늦게까지 학교에서 공부하면 아이는 심심하지만 혼자 집에 있어야 했습니다. 그런 동생을 위해 형은 Y자로 된 고무 새총을 만들어 줬습니다. 아이는 매일 학교가 파하면 들로 나가 새들에게 고무 새총을 쐈습니다. 새총의 총알은 조그만 자갈돌이었습니다. 아이가 아무리 쏴도 항상 돌은 엉뚱한 곳으로 날아갔습니다.

어느 날입니다. 그날도 아이는 왼손으로 나무 대를 잡고 오른손으로 총알을 넣어 잡아당겼습니다. 그러자 날아간 자갈돌이 정확히 새에 맞아 새가 떨어졌습니다. 아이는 신이 났습니다. 드디어 새를 맞추어 떨어뜨릴 수가 있게 된 것입니다.

아이가 친구들에게 자랑했습니다. 그러나 모두 믿지 않았습니다. 아이는 친구들이 보는 앞에서 멀리 있는 나무에 표를 하고 새총을 쐈습니다. 그러나 총알은 근처를 맞출 뿐 표를 맞추지는 못했습니다.

실망한 친구들은 돌아갔습니다. 아이는 화가 나서 매일 틈만 나면 연습을 했습니다. 얼마나 열심히 연습하는지 엄지와 검지 껍질이 벗겨지다 못해 굳은살이 되었습니다. 또한 새총의 고무줄도 낡아 터져서 형이 몇 번이나 갈아 끼워 줬는지 모릅니다. 이제 아이의 실력은 백발백중으로 새총을 쏠 수 있게 되었습니다.

어느 날입니다. 학교에서 새총을 뽐내던 아이는 실수로 유리창을 깼습니다. 조금 열린 창문 틈으로 쏜다는 것이 손에 땀이 묻어 미끄러지며 창틀 안의 유리를 쏜 것입니다.

"와장창 쨍그랑!"

그날 선생님은 아이를 학교에 남게 했습니다.

"모두 청소가 끝나면 집에 가고 넌 교무실로 날 찾아오거라."

아이는 몹시 불안했습니다. 공부도 꼴찌로 못하는 데다 집도 가난하고 옷도 지저분했습니다. 잘하는 것은 라면 끓여 먹는 것과 새 총질뿐이었습니다. 아이는 청소를 어떻게 했는지 모릅니다. 머릿속은 온통 선생님에게 야단맞고 혼나는 생각을 하며 천천히 교무실로 들어갔습니다.

아이가 들어서는 것을 본 선생님은 어딘가 전화를 하더니

"이리 와라. 이리. 더 가까이. 그 의자에 앉으렴……. 내가 널 오라한 것은 널 야단치기 위함이 아니란다. 넌 '한다.' 하면 하는 사나이잖아. 난 네가 새총을 그렇게 잘 쏘는 줄 몰랐어. 얼마나 힘들게 많은 노력을 했니? 우리 학교, 아니 우리나라에서 너처럼 새총을 잘 쏘는 사람은 없을 거야. 최고야. 공부는 우리 학교의 모든 학생이 잘하지만, 새총은 아무도 제대로 쏠 줄 모르거든. 그깟 공부도 그렇게 노력하고

열심히 하면 넌 우리 반에서 분명 1등 할 거야. 정말이란다. 난 네가 새총 쏘는 연습을 했듯이 공부하는 노력을 하면 할 수 있다는 걸 잘 알아."

아이는 '정말 내가 공부를 잘할 수 있을까?' 하고 의심했습니다.

그때 짜장면이 배달됐습니다.

"전화로 짜장면 시키신 분이 누구세요?"

"이리 주세요."

"너 배고프지? 이것 먹거라."

아이는 김이 모락모락 나는 짜장면을 보자 입안에 침이 고였습니다. 입가를 밤색으로 묻혀가며 아이는 짜장면을 다 먹었습니다.

"그만 집에 돌아가거라. 그리고 난 널 사랑한다는 걸 잊지 마. 우리 학교 모든 학생이 하는 공부를 너도 하면 금방 따라잡을 거야. 새총 쏘는 걸 조금 줄이고 그 시간에 조금이라도 공부를 해 보거라. 그래, 그럼 잘 가라."

그날 아이는 집에 오자 책을 펴고 난생처음 숙제를 시작했습니다. 모르는 것은 형이 돌아올 때까지 기다렸습니다. 그리고 물어서 숙제를 마쳤습니다.

지름길

강 건너 작은 마을에 사는 사람들은 매우 불편했습니다. 직장이나 학교에 가려고 강을 건너려면 하류의 큰마을로 내려와야 했습니다. 큰마을에는 다리가 있어 강을 건널 수 있지만 30분이 더 걸렸습니다.

어느 추운 겨울날입니다. 작은 마을 사람들은 강이 얼자 얼음 위를 걸어 강을 건넜습니다. 봄이 와 얼음이 녹기 전까지는 하류의 큰마을까지 가지 않아도 되었습니다.

언 강을 건너는 방법은 간단했습니다. 항상 먼저 간 사람의 발자국을 보고 그곳만을 밟고 천천히 가면 됩니다. 그러면 안전합니다. 또 한 가지는 혼자든 여럿이든 일행 중의 하나는 막대기를 들고 건너야 합니다. 이 강의 양쪽에는 여러 개의 막대기가 있는데 누구든 이용하면 건너편에 놔두어야 합니다.

어느 날입니다. 버스 도착시각이 다 되어 한 사람이 급히 강을 건넜습니다. 깜빡 잊고 막대기도 없이 얼음 위를 건너는 것입니다. 얼음은 '뿌직뿌직' 소리를 냈지만, 그는 앞서가는 사람들의 뒷모습을 보며 뛰

었습니다. 강의 중간쯤에 이르렀을 무렵 갑자기 얼음이 '뿌지직' 하고
내려앉아 그는 물속으로 빠졌습니다. 막대기가 있으면 얼음 위에 걸치
고 올라서겠지만 막대기도 없습니다. 얼음 위로 올라서려고 얼음의 한
곳을 잡고 힘을 주면 힘 받은 곳의 얼음이 또 깨졌습니다. 그렇게 여러
번 빠지던 그는 급기야 목을 내밀고

　"살려줘! 김 씨!"

하고 다급히 소리쳤습니다. 그러나 앞에 가던 사람들은 듣지 못하고
점점 더 멀어져 정류장으로 향했습니다. 이렇게 찬물 속에서 조금만
있으면 그는 곧 얼어 죽을 겁니다.

　그때였습니다. 초등학교에 다니는 여학생이 이것을 보았습니다. 여
학생은 근처의 막대기를 들고 급히 왔습니다. 가까이 다가온 여학생이
멀찍이 서서 막대기 한쪽 끝을 그에게 내밀었습니다. 그가 두 손으로
막대기를 잡자 여학생은 힘을 주어 잡아당겼습니다. 다행히 물에서는

부력으로, 얼음 위에서는 마찰력으로 그는 얼음 위로 미끄러져 나왔습니다.

최고의 기술

'가'라는 사람이 여행을 가다 몇 사람을 만나 자기를 소개했습니다.

"안녕하세요? 난 소문난 목수랍니다."

그러자 '나'라는 사람이

"안녕하세요? 난 소문난 석수라오."

그다음 '다'라는 사람이

"안녕들 하쇼? 모두 대단하시네요. 저는 토수입니다."

그런데 '라'만이 아무 말이 없었습니다. 그때 '가'가

"난 말이지 임금님이 사는 궁궐을 내가 지었다오. 어떻소? 내 기술이 최고 아니요?"

하며 으스댔습니다. 그러자 '나'가

"궁궐 지을 때 주춧돌을 내가 놓고 성벽도 내가 다 쌓았지요. 생각해보시오. 나야말로 없었다면 궁궐을 어찌 흙 위에 지었겠소?"

이 말을 들은 '다'가

"별것들 아니구먼. 그런데 내가 매끈하게 벽을 만들었기에 임금님이

살 수 있었고 또 왕비가 거처하는 구들장도 내가 놓은 거라오."

이렇게 길을 가는 내내 말 없는 사람을 뺀 세 사람은 자기 기술이 최고라고 우겼습니다.

그렇게 네 사람이 20여 리를 가자 앞에 큰 강이 나타났습니다. 모두 이리저리 움직이며 어찌 건널까 하고 애를 태우는데 그들 앞에 배가 나타났습니다. 그런데 그 배의 노를 젓는 사람은 아까부터 말이 없던 '라'라는 사람이었습니다.

"아까부터 말이 없더니 겨우 뱃사공이었구려. 옜소, 뱃삯 두 푼 여기 있소."

세 사람의 뱃삯으로 엿 푼을 받고 사공은 건너편으로 노를 저어나갔습니다. 배가 강심 가까이 이르렀을 때 갑자기 거센 바람이 몰아쳤습니다. 작은 배가 이쪽저쪽으로 일렁대다 또다시 불어온 바람에 그만 전복되었습니다. 모두 '하프 허푸, 철버덕'거리며 물속에서 허우적거렸습니다. 물에 빠져 숨을 쉬지 못해 죽기 직전입니다.

그때였습니다. 한 사람 한 사람씩을 물에서 끌어내 구해주는 사람은 조금 전의 뱃사공이었습니다.

세 사람을 모두 구해낸 뱃사공은 기진맥진한 채 주저앉았습니다. 그리고 숨을 '헉헉'거리며

"위급할 때 써먹지도 못하는 그 잘난 재주를 자랑하더니 꼴들 좋군."

두 과장

한 회사에 홍길동 과장과 전우치 과장이 근무하고 있었습니다. 홍길동 과장은 아무리 급한 일이라도 계장들이 올려온 보고서를 보며

"벌써 다 한 거야? 야, 번갯불에 콩 볶아 먹겠다."

대강 살펴보며 잘못된 곳에 밑줄을 긋고 서브젝트에 아웃트라인을 메모해 돌려주며

"다시 좀 더 수고해줘요."

그러면 계장은 직원들을 찾아가 묻고 상의하여 수정할 것과 뺄 것들을 정리해 다시 서류를 올렸습니다.

반면에 전우치 과장은 보고서를 읽다 틀리거나 어긋난 곳이 나오면

"아니, 이런 걸 가지고 결재받으러 온 거야? 여기, 여기가 틀렸잖아. 그리고 이제껏 뭐하느라 요것밖에 못 했어?"

많은 직원 앞에서 큰 소리로 말하며 서류를 확 내밀었습니다. 그러면 야단 먹은 계장이나 직원은 어찌할 줄 몰라 끙끙대며 담당자들과 야근을 하며 다시 해야만 했습니다. 그래서 직원들의 이직이 많아 해

마다 충원을 해야 했지만, 홍길동 과장의 부서는 이직하는 사람이 없습니다. 이뿐이 아니고 단합대회나 목표 달성도 항상 1등이었습니다.

홍길동 과장은 많은 직원에게 인기 최고였지만, 전우치 과장은 회식 때도 직원들이 핑계를 대며 빠지기 일쑤였고 항상 고민하는 얼굴에 이빨이 아픈 사람처럼 입 한쪽을 찡그렸습니다. 어쩌다 직원이

"뭐 안 좋은 일이라도 있으십니까?"

"별일 아니니 일들이나 해."

하지만 홍길동 과장은 항상 미소를 짓거나 웃었습니다. 어쩌다 직원이

"뭐 좋은 일이라도 있으세요?"

"으응, 오늘이 내 생일이야."

"그러세요? 축하합니다."

하지만 그는 매일 웃으며 그렇게 대답하므로 날마다 생일이었습니다. 홍길동 과장의 책상에는 꽃병과 커피며 과자 등 여러 종류가 항상 놓여있었지만, 전우치 과장의 책상에는 달랑 복도의 자판기 커피뿐이었습니다.

베풂의 결실

그의 집은 대가족으로 위로는 할머니와 할아버지 그리고 아버지와 어머니가 있고 그가 있습니다. 그는 외아들입니다. 그렇다고 다른 사람이 없는 게 아니고 머슴인 천 씨 할아버지와 그보다 나이가 서넛씩 많은 형이 다섯이 있는데, 그 다섯은 모두 성씨가 다릅니다. 이들은 읍내에 있는 학교장의 권유로 할아버지가 불쌍한 고아라며 그의 집에서 먹고 재우며 학교에 보냈습니다. 그 다섯 형은 천 씨 할아버지를 틈나는 대로 돕기도 했습니다.

그렇게 지내다 그가 초등학교를 졸업할 때쯤에 다섯 형도 중학교를 졸업했거나 졸업하고 도회지로 나갔습니다. 그때쯤 할아버지도 돌아가셨는데 할아버지는 공부하는 교육만이 이 나라를 살린다고 믿으셨습니다.

그때 할머니는 치매에 걸려서 어머니를 괴롭혔습니다.

아버지는 당시에 대학을 나왔지만, 집안일에는 젬병이라서 모든 것이 서툴렀고 그로 인해 어머니를 힘들게 하셨습니다. 맘씨만 좋아서 모든 이를 도와주다 보니 항상 손해를 안고 사셨습니다. 결정적인 실수는 친구의 꼬임으로 금광에 투자한다며 전 재산을 다 날린 것입니다. 어머니가 극구 말리셨지만, 주먹만 한 돌에 깨알보다 작은 노란 금가루가 박힌 덩어리를 보신 아버지의 판단에 집안의 재산이 다 날아갔습니다. 그 때문에 시름시름 앓던 아버지도 세상을 뜨셨고 그쯤 할머니도 돌아가셨습니다.

고생을 모르고 사신 엄마였기에, 어머니의 힘으로는 살기가 벅찼지만 그래도 그는 고등학교를 마쳤고 결혼도 했습니다. 그러나 고교학력으로 큰 회사는 못 가고 어려서부터 배운 기술은 자동차 정비였습니다.

20여 년을 남의 집에서 일하며 기술을 익힌 그가 카센터를 차릴 즈음 어머니도 돌아가셨습니다. 슬픔도 슬픔이지만 가족을 위하여 돈을 벌어야만 했습니다. 비록 남들이 보면 시커먼 기름때가 잔뜩 묻은 옷을 입고 일해도 그는 아내와 합심하니 먹고사는 데는 큰 지장이 없었습니다. 전셋집에 살지만, 집도 한 채를 청약했습니다.

아이 둘을 공부시키며 열심히 살 때였습니다. IMF가 터졌고 일의 물량은 반으로 줄었습니다. 당장 아이들 등록금을 걱정해야 했습니다. 거기에 세월은 어찌 그리 잘 가는지 월세 날은 금방, 금방 돌아왔습니다. 어찌 되든 견뎌야만 했습니다.

어느 날, 차 한 대를 고친 후에 돈을 받고 영수증을 건넸습니다. 그런데 아까부터 그를 보며 고개를 갸웃대던 차주가 영수증에 적힌 이름을 보더니 할아버지와 아버지 함자를 들먹였습니다. 알고 보니 그는 자기 집에서 할아버지의 배려로 공부를 했던 다섯 형 중 한 사람이었습니다.

형은 자기가 다니는 회사의 차들을 모두 그의 카센터로 보냈습니다. 그뿐이 아니고 연락이 안 되는 한 사람을 빼고 나머지 세 형도 모든 회사 차를 그의 점포로 보내 고치게 했습니다. 형편이 확 풀렸습니다. 그들 네 형의 도움이 없었다면 어땠을까? 이는 할아버지의 은덕을 손자인 그가 받은 것일 거라 생각됩니다.

우마 시장

말과 소를 능숙하게 잘 다루는 젊은이가 있었습니다. 아무리 난폭한 말이나 소라도 그는 소의 코뚜레를 뚫거나 말의 고삐를 달고 재갈도 물릴 수 있습니다. 장날이면 그의 손길이 바빠집니다. 매매하러 들어온 말이나 소를 순서대로 비스듬히 마구간이나 외양간에 배열해야 합니다. 그래야 사려는 사람들이 나열된 말이나 소를 쉽게 보고 흥정을 할 수 있기 때문입니다.

그날도 젊은이는 새벽부터 무척 바빴습니다. 장날이기 때문입니다. 소는 소대로 말은 말대로 정리를 할 때였습니다. 험상궂고 뚱뚱한 사내가 아까부터 인상을 쓰며 젊은이를 보고 있다가

"이보슈, 저 말을 이쪽으로 빼야 내 말이 잘 보일 것 아니요?"

그래도 젊은이는 못 들은 척하며 하던 일만 계속했습니다. 그러자 사내는

"아니, 내 말이 안 들려?"

이런 반말을 들은 젊은이는 그제야

"당도하신 순서대로 해야 합니다. 누구라도 예외는 없습니다."

"아니, 이 자식이."

사내는 팔을 걷어붙이더니 성큼성큼 걸어가며 사내가 일하는 곳으로 다가갔습니다.

"내 말이 잘 보이게 이 말을 저쪽으로 빼라고 했잖아! 이게 죽으려고 말을 안 들어. 내 말이 말 같지 않아? 이게 그냥 콱."

하며 손을 들어 내려치는 시늉을 했습니다. 사내는 덩치도 크고 키도 매우 컸기에 다른 사람들은 아무 말도 못 했습니다.

사실 사내는 근처에 사는 왈짜였습니다. 그날도 술을 먹고 말을 비싸게 팔아주겠다며 큰소리치고 친구의 말을 몰고 왔던 겁니다. 그래도 젊은이는 하던 일을 계속했습니다. 그러자 사내는 말 뒤로 다가갔습니다. 말의 궁둥이를 밀어 넣고 자기의 말을 온전히 다 보이게 하기 위함

입니다.

사내가 말 궁둥이에 손을 대고 힘껏 밀었습니다.

그때였습니다. 말이 뒷다리를 번쩍 들어 사내를 번개처럼 빠르게 뒷발질했습니다.

"퍽!"

"아이고."

사내는 저만큼 나가떨어졌습니다. 그리고 한동안 일어나지도 못했습니다.

어리석은 농부

농부의 집에는 여러 마리의 닭이 있습니다. 커다란 닭장이 있고 속에는 수탉과 암탉들이 섞여 자랍니다. 농부는 사료나 푸성귀를 주며 정성껏 닭들을 키우니 닭들은 보답이라도 하듯 달걀을 낳아주었습니다. 농부는 이 달걀을 삶아도 먹고 쪄도 먹고 또는 선물도 하며 팔기도 했습니다.

그런데 농부에게는 불만이 있었습니다. 그것은 수탉들이 알도 낳지 않으며 먹이만 축내는 것이기 때문입니다. 그뿐이 아닙니다. 수탉들은 암탉의 등을 올라타고 암탉들의 벼슬을 쪼며 못살게 구는 것입니다. 수탉들이 잘하는 것은 시간 맞춰 우는 것 하나뿐이었습니다. 그렇지만 농부의 집에는 자명종 시계가 있어서 수탉이 울지 않아도 되었습니다.

어느 날부터 농부는 필요할 때마다 수탉을 한 마리씩 잡아먹었습니다. 드디어 농부의 닭장에는 수탉이 단 한 마리도 남지 않았습니다. 그러자 암탉들도 괴롭힘을 당하지 않고 벼슬도 분홍색이나 노란빛으로 예뻐졌습니다.

겨울이 가고 진달래와 개나리꽃이 피는 봄이 왔습니다.

암탉들이 달걀을 모으기 시작했습니다. 병아리를 부화하기 위해서입니다. 암탉들이 제각각 달걀을 모아 품는 것을 본 농부는 '씩' 웃었습니다. 머잖아 병아리들이 태어날 것이기 때문입니다. 그러면 농부는 병아리를 키워서 큰 닭이 되면 잡아먹을 수 있기 때문입니다.

그런데 날이 가고 달이 다 가도록 병아리가 태어나지 않았습니다. 모든 암탉이 달걀을 이리저리 굴려도 병아리는 단 한 마리도 태어나지 못했습니다.

큰보상

한 사내가 길을 떠났습니다. 짊어진 배낭 속에는 라면 몇 개와 버너 그리고 냄비와 침낭이 유일합니다. 가다가 배고프면 근처에서 라면을 사 끓여 먹고 어두워지면 비나 이슬을 피할 곳을 찾아 침낭을 펴고 누워 자면 됩니다.

사실 이 사내는 요즘 마음이 괴롭습니다. 몇 개월 전에 부친을 여의고 한 달 전에는 모친마저 잃었습니다. 그동안 혼자 아주 작은 점포를 운영했으나 집에 큰일이 생겨 문을 여러 날 닫아 일거리가 없었습니다. 그렇다고 문을 열고 앉아 손님이나 전화를 기다리려니 자꾸만 부모님 얼굴이 어른거려 앉아 있을 수가 없습니다. 그래서 마음도 추스르고 다질 겸 하여 한 달간 무작정 걷기로 한 것입니다.

첫날은 십여 킬로를 걷다가 텐트를 치고 침낭을 폈습니다. 버너에 불을 붙이고 라면 한 개를 끓여 후후 불며 먹었습니다. 코펠을 씻고 세수도 대강 한 후 잠자리에 들었습니다. 저녁에 일찍 잤으니 새벽에 일찍 잠이 깼습니다. 잠은 오지 않고 밖을 보니 별이 총총합니다. 일어나

흐르는 물에 세수하고 라면 한 개를 끓여 먹고 그는 다시 길을 떴습니다. 그런 날이 계속되었습니다. 그런데 그에게 잠자리는 그런대로 견딜 수 있었지만 먹는 라면은 정말 싫었습니다. 하얀 쌀밥에 붉은 김치를 먹고 싶은 마음이 굴뚝같았지만, 처음부터 맘속에 새긴 초심을 바꾸기는 싫었습니다. 고행하려는 마음을 이기지 못하면 자기는 인생 낙오자가 될 것이라 스스로 각오를 다졌습니다.

또 하루가 가고 4일째 되는 날 아침입니다. 이제 라면의 냄새도 맡기 싫었습니다. 여기까지 오며 슈퍼도 몇 개를 지나쳤지만, 그는 필요한 라면만 샀습니다. 5십여 킬로를 걷자니 발목과 발가락도 아파졌습니다. 이제라도 그만두고 친구에게 전화하여 차를 가지고 이곳으로 오라 하고 싶지만 큰소리친 친구에게 약한 마음을 보여주기는 싫었습니다.

다시 길을 떠났습니다. 그럭저럭 29일이 지났습니다. 갈아입지 않은 옷에서는 냄새가 났고, 수염도 5밀리는 넘게 길었으며, 얼굴이나 손도 까만빛으로 그을려 거지꼴이었습니다. 텐트도 흙에 젖은 곳이 있고 냄비도 새까맣게 그을려 잘 씻어지지도 않았습니다. 대신에 살이 통통하던 그는 살이 빠져 날래게 보였습니다.

그동안 마음을 몇 번이나 바꿔 집으로 돌아가고 싶었으나 절치부심으로 이를 악물고 입술을 깨문 적이 수십 번이었습니다. 이제 하룻밤만 자면 친구가 차를 가지고 올 겁니다. 낮에 이미 친구에게 전화까지 해 놓고 집에 돌아가면 무슨 일을 어떻게 하여 살겠다는 계획도 이미 세워뒀습니다.

그날 밤은 몹시 쌀랑했습니다. 집을 떠날 때는 더워 땀을 흘리기도 했지만, 요즘은 자다가 추워 몸을 웅크려야 했습니다. 그런데 그날 밤은 이슬비까지 부슬부슬 내리는데 아무래도 비를 피할 수 있는 곳에 텐트를 쳐야만 할 것 같았습니다. 그의 눈에 외딴집이 보였습니다.

'저 집에 가 사정을 해 헛간이나 청마루를 빌려 텐트를 쳐야겠다.'

"계십니까?"

그가 큰 소리로 사람을 부르자 집 옆에서 한 사람이 나오며

"어떻게 오셨습니까?"

하는데 비옷을 입은 그 주인의 손에는 붉은색 파이프 레인지가 들려 있었습니다. 이 파이프 레인지는 수도, 위생, 보일러 작업에 주로 쓰이며 이 공구가 없으면 작업을 할 수 없을 정도로 꼭 필요한 물건이었습니다.

"부탁 좀 하려 합니다. 비가 와서 노숙하기 힘드니 이 집 마루를 빌려주시면 텐트를 치고 하룻밤 유할까 하는데 빌려주실 수 있는지요?"

"자는 것은 문제없지만 추워서 잘 수 있겠어요? 요즘 날이 추워지기에 우리도 오늘 보일러를 처음 틀었는데 작동이 안 되네요. 어디 고장인지를 몰라 여기저기 점검 중입니다."

"어? 그러세요? 제가 한번 봐 드릴까요?"

사실 집 주인은 거지꼴의 사내가 못 미더웠지만, 혹시나 하는 마음에

"그러세요."

사내는 배낭을 마루에 내려놓고 보일러 뚜껑을 열었습니다. 그리고 자주 고장 나는 곳의 한 부품을 배제하고 선을 연결했습니다. 납땜기

기가 없어 껌을 씹어 선을 댄 곳에 꾹 눌러 붙였습니다. 이렇게 선 한 개의 양 끝을 이쪽과 저쪽에 붙인 사내는 전원을 올렸습니다. '위위윙' 소리를 내며 보일러가 돌아갔습니다.

"이거는 임시방편이거든요? 오래 쓰시려면 이 부속을 갈아야 합니다. 갈려면 이 코드 세트를 빼고 여기, 여기, 또 여기 여기에 있는 나사못 네 개를 풀면 됩니다."

"아, 예. 그렇군요. 알겠습니다. 그런데 식사는 어떻했어요?"

사실 거지꼴인 사내가 아직 밥을 먹지 않았을 거라 짐작하고 물은 겁니다.

"라면을 끓여 먹으면 됩니다."

"라면은 무슨 라면! 집에 밥이 있으니 나와 같이 듭시다."

사내는 집주인이 내놓은 밥과 김치를 양껏 먹을 수 있었고 돌아가는 보일러에 데워진 뜨거운 물로 목욕도 할 수 있었습니다.

다음날 친구가 몰고 온 차를 타고 집으로 돌아온 사내는 보일러 부속을 무상으로 그 집에 부쳐줬습니다.

사내는 아주 유능한 보일러 기술자였던 것입니다.

고집쟁이의 봉변

마을에는 공동으로 사용하는 체육시설이 있습니다. 이 둔치에 가면 역기를 비롯하여 30여 종의 체육 기기가 있고 누구나 맘대로 언제든 사용할 수 있도록 군수가 국민 세금으로 특별히 만든 것입니다. 그래서 이곳은 많은 사람으로 항상 북적였습니다.

이곳을 이용하는 한 중년 남성이 있었습니다. 그는 항상 자전거를 타고 와서 운동기구를 이용해 운동하고 갈 때는 자전거를 타고 말없이 돌아갔습니다. 그런데 그 남성에게는 못된 버릇이 한 가지 있었습니다. 아령을 사용하다 힘들면 바닥에 내동댕이치는 것입니다. 여러 사람이 살살 다루거나 살살 놓으라고 몇 번을 이야기해도 그는 듣지 않았고 고집대로 운동이 끝나면 던졌습니다. 사람들은 말을 듣지 않는 그 남성이 못마땅했지만 싸우기 싫어 눈살만 찌푸리고 말았습니다.

어느 추운 겨울입니다. 며칠 전에 내린 비가 얼어붙었습니다. 모두 조심하며 운동을 하러 오거나 마치고 돌아갔습니다. 이른 아침이라서 사람들은 많지 않았습니다.

　그때 그 남성이 자전거를 타고 내려오고 있었습니다. 날쌔게 페달을 밟아 내려올 때 갑자기 자전거가 흔들렸습니다. 얼음에 자전거가 미끄러진 것입니다. 자전거는 자전거대로 사람은 사람대로 내동댕이쳐졌습니다. "아야!" 하고 비명을 지른 그 남성은 얼마나 아팠던지 바로 일어서질 못했습니다. 저쪽에 떨어진 자전거의 앞바퀴는 약간 찌그러지고 뒷바퀴만 몇 번 돌다 멈췄습니다. 그런데 운동을 하러 오거나 마치고 가는 사람들은 그를 쳐다보기만 할 뿐 모두 그냥 지나쳤습니다.

　한참이 지나서야 그는 겨우 일어섰습니다. 자전거는 앞바퀴가 휘어져 돌지 않기에 끌고 가야 했습니다. 그러나 아파서 일어선 그 남성은 자전거를 끌고 갈 수가 없었습니다. 그는 자전거를 근처의 풀밭에 눕혀놓고 절뚝거리며 되돌아가야 했습니다. 운동을 마치고 돌아가는 사람 중에 차를 가져온 사람도 있었으나 아무도 그를 태워 주거나 말을 걸지 않았습니다.

아버지의 유산

산동네에는 수많은 집이 다닥다닥 지어져 사람들이 살고 있습니다. 산 밑에는 큰 도로가 있고 차들이 많이 다니기 때문에 산 위쪽에 사는 사람들은 교통이 매우 불편합니다. 아침 출근이나 볼일을 보려면 좁은 골목을 걸어 내려가야 버스를 타고 목적지에 갈 수 있습니다.

이 산동네에 사는 영감이 한 분 계셨습니다. 그의 집은 산동네에서도 꽤 높은 곳에 있습니다. 영감님은 다니던 회사를 정년퇴직하고 집에서 쉽니다. 매일 하던 출근을 하지 않으니 영감님은 무료했습니다. 뭐라도 해야 하지만 매일 먹고 노니 몸에 병이 날 것만 같았습니다.

어느 날, 집을 둘러보던 영감님은 뒤뜰을 파기 시작했습니다. 돌이 나오면 캐내며 수평으로 파고 들어가니 그 굴은 뒷집 마당 밑으로 이어졌습니다. 당연히 뒷집에서는 화를 내며 작업을 못 하게 했습니다. 미친 사람 취급을 했습니다. 그의 아내인 할머니와 아들도 극구 만류를 했지만, 소용이 없었습니다. 영감님은 틈만 나면 굴을 파는 것입니다. 그곳에서 나온 흙은 자루에 넣어 짊어지고 뒷집을 지나 산 위로 올라가 나무들이 서 있는 곳에 버렸습니다.

뒷집의 신고로 경찰관이 출동했습니다. 경찰관은 영감님이 더는 굴을 파지 않겠다는 약속을 하자 나이 많은 영감을 풀어주고 돌아갔습니다. 그런데도 영감님은 틈만 나면 굴을 팠습니다. 당연히 뒷집 주인은 방방 뛰며 화를 냈지만, 영감은 들은 체도 하지 않았습니다.

그렇게 1년여가 지나자 뒷집이 조용해졌습니다. 영감님이 뒷집 주인을 몇 번 만난 후였습니다. 경찰관도 부르지 않고 영감님이 굴을 파든 말든 참견도 하지 않았습니다.

이렇게 영감님은 3년여를 파고 굴 파기를 멈췄습니다. 그럴싸하게 굴의 문도 달았습니다. 그러더니 할머니와 아들에게

"뒷마당 굴에 물건을 저장해도 될 거다. 여름에도 시원해서 물건을 넣어두면 제격일 거야."

그제야 아들과 할머니는 굴의 문을 열고 안을 들어가 봤습니다. 굴은 약 10m를 파고 들어가다 커다란 바위가 나타나자 옆을 파서 둥그런 원이 되어있었습니다. 또 굴 높이는 사람 키보다 높아도 무너질 염려는 없는 커다란 장소였습니다.

할머니와 아들은 잡다한 물건들을 뒷집의 눈치를 보며 굴속으로 옮겼습니다. 영감님은 굴 안에 전깃불도 달았고, 굴속에는 평상을 만들어 여름이면 시원한 굴속에서 지냈습니다. 에어컨이 필요 없습니다.

어느 날입니다. 요란한 소리를 내며 뒷집 위로 길이 뚫리기 시작했습니다. 산복도로가 생기고 버스가 다녔습니다. 그러자 뒷집은 도로와 접하게 되어 교통이 편리해졌습니다. 영감님 집의 사람들도 뒷집을 지

나 윗길로 다니는 버스를 이용하니 시간이 단축되었습니다.

그렇게 몇 년이 지난 어느 날, 영감님이 세상을 떴습니다. 그때까지도 할머니와 아들은 굴을 이용할 때마다 뒷집을 의식해 조심했었습니다.

그해 여름입니다. 재산세 고지서가 배달되었습니다. 영감님이 안 계시니 아들이 세금을 내려고 고지서를 보다 깜짝 놀랐습니다. 뒷집이 아들 명의로 되어있는 것입니다. 가만 손을 꼽아보니 영감님이 굴을 파다 말썽이 생겨 뒷집 주인을 만나던 그 시기였습니다. 이제는 뒷집 눈치를 볼 필요가 없었습니다.

며칠 뒤 아들의 친구가 놀러 왔습니다. 그들은 굴에 들어가 막걸리를 마셨습니다. 시원한 굴에서 마시는 막걸리 맛은 아주 딱 좋았습니

다. 굴에 대한 소문은 금세 퍼졌습니다. 일부러 그곳을 구경하며 굴속에서 막걸리를 마시러 동네 사람들이 자주 왔습니다.

영감님이 퇴직금을 모두 뒷집 매수에 썼음으로 아들과 할머니는 무엇이라도 하여 돈을 벌어야 했습니다. 아들은 뒷집 위 도로 쪽으로 간판을 만들어 달고 영업을 시작했습니다. 전기장치도 하고 음악이 나오게 시설도 했습니다. 아들이 '동굴 막걸릿집'이라는 상호를 걸자 모르는 사람들까지 술을 마시러 옴으로 장사가 아주 잘 됐습니다. 이 기회에 아들은 월급이 적은 회사를 그만두고 아예 동굴 속의 막걸리 장사만 열심히 했습니다.

복권당첨

어떤 모임이나 몇 명의 술자리에 나가도 그다지 주목을 받지 못하는 젊은이가 있었습니다. 모두 사업이나 가정사 그리고 직장 이야기로 사람들의 이목을 끄는데 어떤 사람은 가져온 악기로 연주도 하고, 어떤 이는 노래도 기가 막히게 잘 불렀습니다. 하지만 이 젊은이는 아무것도 잘하는 것이 없었습니다.

어느 날, 젊은이가 복권을 긁어보니 맨 끝의 5천 원이 당첨되었습니다. 젊은이는 주목을 받고 싶어 60여 명의 동문 친구들에게 카톡을 날렸습니다.

'복권 당첨. 낼 찾으러 감. 같이 갈 사람 모여라.'

그러자 이내 전화기가 불이 나기 시작했습니다.

"몇 등이야? 얼마짜린데? 낼 몇 시에 어디로 가면 돼?"

10여 명을 제외하고 대부분이 젊은이에게 전화하여 물어보는데 젊은이는 거짓말을 더는 할 수 없어

"5천 원짜리야."

그러자 친구들은

"야! 이 미친놈아."

하고 끊으며 욕설을 하는 것이었습니다.

그런데 사, 오명의 친구들은

"축하한다."

하고 이내 전화를 끊는가 하면, 또 사, 오명의 친구들은 아예 전화도 없었는데, 그들은 카톡을 쳐다보지도 않는 친구들이었습니다.

그렇게 그 젊은이는 친구들에게 웃기는 놈이라고 주목받는 사람이 되었습니다.

매우 더운 날

교대를 나온 선생 실습생이 어느 학교에 실습을 나가게 됐습니다. 그런데 초여름 날씨이지만 너무 더워 그는 티셔츠에 교재만 들고 학교를 찾았습니다. 시간에 맞춰 교무실을 찾은 교생 선생님은 여러 선생님께 고개를 숙이고

"실습 나온 홍길동입니다."

라고 본인 소개를 했습니다. 그러자 모두

"반가워요."

혹은

"잘 해보세요."

하는 격려의 말들을 했습니다. 그런데 아까부터 쳐다보기만 하던 점잖은 한 선생님이

"선생, 저 좀 봅시다."

하기에 놀란 교생 선생님은

"아, 예,"

하며 다가갔습니다. 그러자 그는

"에……. 저는 교감입니다. 에……. 학생들을 가르치는 사람의 옷차림이, 에……. 그게 뭐요? 좀 품위 있고 점잖게 넥타이도 매고 옷도 맞게 입어야지. 에……. 또 내일부터는 조심하고 깔끔하게 하고 오세요."

교생 선생님은 깜짝 놀랐습니다. 교복이나 두발 자유화가 된 지도 오랜데 뜻밖의 지적에 당황했습니다. 학생들이 자유로운데 어찌 선생은 자유롭지 못한 건지 의문을 가졌습니다. 하지만 다음 날도 너무 덥기에 그는 티셔츠를 입은 그대로 출근했습니다. 그러자 교감 선생님은

"어제 말한 것이 이해가 안 됩니까? 알아들을 것 같으신 분인데, 이상하네."

하더니 어제 했던 주의 사항을 또 이야기했습니다. 어쩔 수 없이 교생 선생님은

"너무 더워 그랬는데 내일부터는 주의하겠습니다."

그렇게 마무리를 하고 끝냈지만, 교생 선생님은 기분이 아주 나빴습니다.

'까짓거 학생을 잘 가르치고 잘 배우면 되는 거지. 옷이 무슨 문제야. 이 더운 날에 정장을 갖추라니. 에이, 나 원 참.'

하고 교육 교재를 확인했습니다. 그때입니다. 한 사람이 큰 소리로

"교육청에서 장학사분이 오셨습니다. 모든 선생님은 다 모이시랍니다."

많은 선생님이 모이자 깔끔하게 정장을 한 장학사는

"제가 오늘 여러분께 부탁하러 왔습니다. 선생님들 더우시죠? 윗옷을 벗으십시오. 저도 벗겠습니다."

하더니 신사복을 벗고 목에 맨 넥타이도 풀더니 와이셔츠의 맨 위 단추도 푸는 겁니다. 모두 눈치를 보는데

"아, 아, 괜찮아요. 저도 벗겠습니다."

남, 여 선생님들이 부스럭거리며 넥타이를 풀거나 입은 옷을 손보는 것이 끝나자 장학사는

"제가 오늘 이 자리에 온 것은 이 더운 날씨 때문입니다. 갑자기 날이 너무 더워졌기에 학생들의 운동장 체육을 삼가고 아이들을 충분히 휴식하게 하며 물을 많이 먹여 일사병을 예방하도록 여러 선생님이 힘써 주십사 하고 찾은 겁니다. 모두 이해하시겠지요?"

대답이 없이 눈치만 보자 그는

"그리 알고 전 이만 가보겠습니다."

하더니 벗어놓은 신사복 윗옷을 들고 나갔습니다. 모든 선생님이 한마디씩 말했습니다.

"진작 말하지. 에이, 더워 혼났네."

"그러게 말이야."

모두 옷을 벗었지만, 교감 선생님만 옷을 입고 있었습니다. 땀을 흘리며.

우물물

30여 호가 되는 마을에 우물이 두 개밖에 없었습니다. 자연히 새벽이면 이 우물가는 시끄러웠습니다. 동네 아낙네들이 아침 양식을 씻고 물을 긷기 위해 모여들기 때문입니다. 아낙네들은 물동이를 이고 와 두레박으로 물을 퍼 담고는 또뱅이(똬리)를 머리에 이고 그 위에 물동이를 두 손으로 올려 잡고 집으로 갑니다. 길이 멀어 한참 걸어 목이 아파도 여인들은 참아야 했습니다. 빨래는 동네 앞을 지나는 도랑이나 개천가에서 한 후에 이고 왔습니다.

어느 날입니다. 동네 구석의 몇 가구가 공동 우물을 파기로 했습니다. 한 사람이 흙을 파 망태기에 담으면 밖의 다른 사람들이 끌어 올렸습니다. 이렇게 돌아가며 돌로 둥그런 담을 쌓으며 파 내려간 지 며칠 만에 물이 솟았습니다. 저 밑의 안에 있는 사람이

"물 나온다."

하자 밖의 사람 중 연장자가

"허리까지 잠길 정도로 깊게 파야 하네."

"허벅지까지 닿습니다."

"그래? 그럼 우선은 된 것 같네. 다음에 가물어 물이 줄면 그때 더 파기로 하고 그만 올라오게."

줄을 잡고 우물 속에서 사람이 올라올 때쯤 연장자는 아이들을 시켜 골짜기에 가서 가재 세 마리씩을 잡아 오게 하였습니다. 골짜기 물속에는 가재나 다슬기, 버들치 등의 민물고기가 많이 살았습니다. 연장자는 아이들이 잡아 온 가재 세 마리를 우물 속에 넣었습니다.

모두 한동안 옛 우물물을 길어다 썼습니다. 새 우물물을 길어 쓰는 사람은 없었습니다.

그렇게 석 달 열흘이 지난 어느 날, 사람들이 새 우물가에 모였습니다. 모인 사람들은 두레박을 넣고 쉬지 않고 우물물을 퍼냈습니다. 드

디어 우물이 바닥을 보이자 한 사람이 줄을 타고 내려갔습니다. 연장자가

"그래, 무엇이 보이나?"

"두 마리는 있는데 한 마리가 안 보여요……. 아, 여기 돌 속에 있네요."

"됐네. 그만 올라오게. 세 마리가 다 살았다면 이 물은 우리가 먹어도 별 탈이 없지 싶네. 가물어 물이 줄면 보수하거나 더 팔 테니 그리 알고 올라오게."

하루가 지나 맑은 물이 고이자 사람들은 그때부터 새 우물물을 이용하기 시작했습니다.

다람쥐 주인

산속의 작은 마을에는 10여 가구가 옹기종기 모여 살았습니다. 이 마을에 사는 사람들은 농사를 지으며 사이좋고 평화롭게 사니 아주 조용했습니다. 그런데 어느 날, 이 마을이 갑자기 시끄러워졌습니다. 한 작은 아이가 산에서 내려오며

"다람쥐 잡았다! 다람쥐 잡았다."

외치는 작은 아이는 윗옷의 오른쪽 주머니 입구를 양손으로 잡고 산에서 내려와 집으로 들어갔습니다. 아이는 웃고 있었고, 표정은 아주 밝았습니다. 오른쪽 주머니 속이 불룩한 것을 보니 정말 다람쥐를 넣고 도망가지 못하게 두 손으로 잡은 모양입니다.

작은 아이는 방에 들어오자 미리 준비한 종이 상자에 다람쥐를 넣고 도망치지 못하게 뚜껑을 닫았습니다. 그리고 조그만 종지에 물을 떠다 넣어주고 쌀알도 뿌려주었습니다. 다람쥐는 목이 말랐는지 물에다 주둥이를 대고 오물거렸습니다. 작은 아이가 다람쥐를 잡았다는 소문은 금세 마을 아이들에게 퍼졌습니다.

그날 저녁입니다. 옆집에 사는 큰아이가 화가 나서 작은 아이 집으로 달려왔습니다. 그리고 작은 아이가 잡은 다람쥐를 요모조모 살펴보다가

"어째서 이 다람쥐가 네 것인고?"

"내가 산에서 잡아 왔으니 내 것이지."

"야 인마, 무슨 소리 하는 거야? 내가 키우는 다람쥐를 네가 훔쳐 간 거잖아!"

"아니야, 산에 갔다가 내가 잡은 거야."

"너, 잠시만 기다려."

큰아이는 자기 집으로 달려가 다람쥐 집을 가져왔습니다. 그 다람쥐 집은 쳇바퀴를 돌릴 수 있게 되어있고 제법 오래된 듯 때가 묻어 있었지만, 텅 비어 다람쥐는 없었습니다.

"봐라, 내 다람쥐가 없잖아!"

"그런 건 난 몰라. 저건 내가 잡은 거라니까?"

"네가 우리 집에서 꺼내 갖고 산에 갖고 갔다가 '다람쥐 잡았다.'고 소리치며 주머니에 넣어서 가져온 거잖아."

"아니라니까?"

"그럼, 여기 키우던 다람쥐는 어디로 갔니? 내가 작년부터 이 다람쥐를 키우는 건 동네 사람들이 다 알고 너도 와서 종종 구경하고 갔잖아!"

"글쎄 난 모른다고."

시끄럽게 싸우는 소리를 듣고 모여든 동네 사람들은 서서 싸움을 구

경만 할 뿐 아무도 말을 하지 않았습니다. 누구도 나서서 편을 들지 않았습니다.

작은 돌 하나

돌의 나라가 있었습니다. 이 나라는 작은 자갈에서부터 커다란 바위까지 보이는 것은 거의 모두 돌이었습니다. 그래서 이 나라는 밥그릇에서 숟가락, 식탁, 침대, 집까지 대부분 돌로 된 것들을 사용했습니다. 그렇다 보니 이 나라는 돌담과 돌탑이 셀 수없이 많았습니다.

이 나라 왕은 백성들에게 성심껏 대해주고 아픈 사람을 돌보며 세금도 적게 걷었습니다. 나라에 돌이 많아 농사지을 땅도 적고 나무도 얼마 되지 않아 국민이 마음대로 살기는 힘들었기 때문입니다. 오직 가진 것은 돌뿐이라서 모두 채석장 일을 했습니다. 나라는 그렇게 나온돌을 외국에 팔고 그 돈으로 식량과 필요한 것들을 바꿔 들여와 그런대로 걱정 없이 살 수 있었습니다.

그런데 이 나라의 왕은 아주 큰 부자였습니다. 돌을 캐다 보면 돌 속에서 가끔 보석이 나왔습니다. 왕은 그 보석을 발견한 자에게 헐값을주고 사들였습니다. 그리고 아무도 모르게 자기만 아는 비밀 창고에넣어 두었습니다.

왕의 궁궐은 큰 돌과 작은 돌로 거대하며 높고 멋지게 지었고 높다란 담도 돌로 쌓아 외부인의 출입을 막았습니다. 그렇지만 정문을 통하면 국민 누구든지 궁궐 구경을 할 수 있게 하였습니다. 궁궐 안 정원에는 높고 큰 돌탑도 있고 멋진 나무가 자라며 고급 잔디도 푸르렀고 물도 흘렀습니다. 사람들은 시간이 나면 이곳을 구경하러 왔습니다.

왕의 보물창고는 궁궐 안의 제일 큰 돌탑이었습니다. 겉에서 보면 아무렇지 않으나 탑의 속은 비어있었습니다. 이곳은 왕 말고는 아무도 몰랐습니다. 이곳을 가려면 왕의 침실에서 땅굴 속을 걸어 정원 쪽으로 가야만 돌탑에 다다를 수 있습니다. 그러면 왕은 돌탑 속을 올라가 보석이나 외국에서 보내온 보물을 탑 속에 넣어두고 슬그머니 침실로 되돌아 나왔습니다.

어느 공휴일 아침입니다.

한 아이가 궁궐 구경을 왔습니다. 전에도 몇 번 아빠와 왔었기 때문에 아이는 궁궐을 혼자 다닐 수 있었습니다. 아빠와 왔을 때는 사람들이 많았는데, 오늘은 아침나절이라 그런지 사람이 많지 않았습니다.

그들은 모두 돌탑을 보고 손을 모은 채 소원을 말하는 것이었습니다. 왜 사람들이 그렇게 하는지 아이는 궁금하고 이상했습니다. 여기저기를 둘러보던 아이의 눈에 돌탑 속에서 반짝이는 무언가를 보게 되었습니다. 아이가 가까이 다가가 보니 파르스름하게 빛나는 보석이 돌 사이에서 아침 햇살을 받아 반짝이고 있었습니다. 보석은 위, 아래의 큰 돌과 돌 사이에 달걀만 한 작은 돌이 끼어있는 틈에 있었습니다.

아이는 손가락을 넣었습니다. 손가락이 보석에 닿지만 꼬부려 잡을 수가 없었습니다. 큰 돌 사이의 작은 돌만 없으면 빼낼 수 있을 것 같았습니다. 아이는 잠시 생각했습니다. 근처 나뭇가지를 주워와 구멍에 넣어 빼려 했으나 속으로 더 밀려 들어갔습니다. 이번에는 근처에서 주먹만 한 돌을 가져와 작은 돌을 힘껏 쳤습니다.

"탁, 탁, 타악!"

그렇게 몇 번을 힘껏 때리자 작은 돌에 금이 가더니 이내 돌은 부서졌습니다. 그 나라 사람들은 아이 때부터 돌을 다뤄봐서 금방 돌을 깬 겁니다. 아이가 돌 사이에 손가락을 넣어 부스러기를 파내려 할 때입니다. 균형을 잃은 위의 큰 돌이 '뿌직 뿌직' 소리를 내며 앞으로 기울어졌습니다. 아이는 겁이 나 재빨리 뒤로 물러났습니다. 몇 초 사이를 두고 위의 돌들도 중심을 잃고 '우르르' 쏟아지며 탑은 무너져 내렸습니다.

'반짝 번쩍' 여기저기 돌무더기 사이사이에서는 보석들이 빛을 냈습니다. 그것을 본 사람들이 '우르르' 몰려들었습니다.

이 탑이 왕의 보물창고였던 것입니다.

짜장면 곱빼기

가난한 산동네 마을이 있습니다. 이 마을의 한 집에서 집수리를 하게 되어 동네가 시끄러웠습니다. 벌써 보름이 다 되어 갑니다. 어쩌다 지나는 동네 사람들도 기웃거리거나 둘러보고 가지만 골목의 노는 아이들은 활짝 열린 그 집 대문 앞이 놀이터였습니다. 매일 달라져 가는 집 모양도 새롭지만, 무엇보다 마당이나 집 앞에 쌓여있는 못 보던 재료들이 신기했습니다.

이 놀이터에 10시경이면 나타나는 한 아이가 있었습니다. 그 아이는 유치원을 지금은 가지 못하는 아이였습니다. 그 아이는 대문 근처에 쌓인 모래를 가지고 놀았습니다. 가끔 일하는 인부들이

"다친다. 저어~ 쪽에 가서 놀아라."

하지만 아이는 심심해 모래더미 근처에서 놀다가 점심때가 되면 밥을 먹으러 집으로 갑니다. 그리고 3시가 넘으면 다시 나옵니다. 그때는 놀이방이나 유치원에 갔다 돌아온 아이들 두세 명이 모여 함께 놀수 있습니다.

그날도 아이는 모래더미에서 혼자 놀았습니다. 같이 놀 아이들은 한참 있어야 올 겁니다. 그때 오토바이 한 대가 아이 곁에 멈추더니 철가방을 들고 열린 대문 안으로 들어갔습니다.

아이는 저 철가방 속에 무엇이 들었는지 잘 압니다. 한 달 전까지만 해도 아이 아빠가 아프지 않을 때는 엄마와 셋이 짜장면이나 삼겹살을 먹으러 가끔 다니기도 했었습니다. 그런데 지금은 그럴 수 없습니다.

마루에는 철가방에서 나온 곱빼기 짜장면 다섯 그릇과 군만두가 놓였습니다. 인부들 다섯 명이 죽 둘러앉아 그릇을 하나씩 차고는 랩을 뜯을 때였습니다. 작업반장인 듯한 사람이

"얘야, 이리 오거라."

놀며 힐끗힐끗 쳐다보는 아이를 불렀습니다. 아이가 쭈뼛쭈뼛 다가서자

"아나, 이건 너 먹거라."

그러자 이제 다 비빈 짜장면을 막 먹으려던 사람이

"아니, 점심을 안 드시면 어쩌려고 그래요?"

"여기 이 군만두를 먹으면 되지."

아이는

"고맙습니다."

인사를 하자마자 짜장면이 담긴 그릇을 들고 집으로 달렸습니다. 빨리 맛있는 짜장면을 먹어야 하고 오토바이가 그릇을 찾으러 오기 전에 깨끗이 씻어서 가져가 돌려줘야 합니다. 이 짜장면은 아이의 아빠와 아이가 나눠 먹을 겁니다.

아이 집에는 아빠가 누워있습니다. 한 달 전 회사 현장에서 무거운 것에 발목을 다쳤기에 병원에 입원도 했었습니다. 다행히 호전되어 약을 먹고 침을 맞아 이제 다 나아갑니다. 앞으로 아이의 아빠가 일하러 나가면 통닭도 사 오고 짜장면도 사주실 것입니다. 하지만 지금은 누워있어 짜장면도 사줄 수 없습니다. 아빠가 아파 누워있으니 엄마는 심부름하라며 아이를 유치원에 보내지 않은 것입니다.

엄마는 멀리 있는 마트에서 일하는데 5시가 되면 올 것입니다. 엄마는 점심밥을 먹을 수 있게 반찬을 차려 놓고 출근을 했지만 아이는 고소한 짜장면이 더 좋았습니다.

2부

a Bull-shaped Rock(황소 바위)

안전제일

무척 더운 여름날입니다. 가만있어도 땀이 '줄줄' 흐르는 날에 인부들이 일하고 있습니다. 두 사람이 밑에서 무거운 물건을 들어주면 발판 위에 있는 두 사람이 받아서 또 들었습니다. 그러면 근처의 더 높은 곳에 있던 다른 두 사람이 얼른 볼트를 채워 조립했습니다.

신축공장 안에 종일 이런 물건을 설치하자니 더워 모두 죽을 맛이었습니다. 땀은 눈을 못 뜰 정도로 범벅이 되어 온몸을 흐르다 못해 '줄줄' 바닥으로 떨어졌습니다. 여섯 명이 흘린 땀방울은 물을 뿌려놓은 것만 같았습니다. 또한, 그들은 물병을 입에 달고 있다 할 정도로 계속 물을 들이켜며 일을 해야 했습니다.

그때였습니다. 반바지에 허름한 티를 입은 영감님이 봉 걸레를 가져와 인부들이 흘린 바닥의 땀을 닦는 것입니다. 그렇다고 땀이 닦여 없어지는 것이 아닙니다. 여섯 명의 인부가 움직일 때마다 '두두둑' 계속 여기저기로 떨어졌습니다. 그래도 영감님은 걸레질을 해대니 지워지긴 해도 땀이 또다시 흘러 떨어지는 겁니다. 보다못해 인부 중 한 사람이

"저, 영감님. 저희 일하는 데 걸리니 죄송하지만 저희 일이 끝난 뒤에 청소하면 안 될까요?"

라고 했지만

그래도 영감은 막무가내로 흘린 땀을 닦았습니다. 잠시 안 보이는가 하면 봉 걸레를 빨아 와서 다시 닦는 것입니다.

이렇게 해가 질 무렵에야 공장 안의 작업이 끝났습니다. 여섯 명의 인부는 급료를 받으러 사장실로 들어갔다가 깜짝 놀랐습니다. 아침부터 조금 전까지 걸레질하던 사람이 바로 사장이었기 때문입니다.

"모두 앉아 시원한 차 한 잔씩 하시오. 내가 걸리적거리는데도 걸레질을 한 이유를 아시오? 그것은 여러분들이 흘린 땀에 여러분들이 작업하다 미끄러져, 여러분들이 다칠 수 있기 때문이요. 그걸 방지하기 위해 나도 열심히 땀을 닦은 것이요. 이런 환경에 안전을 위한 일이라 남을 시키기보다 내가 꼼꼼히 닦은 것입니다."

사장은 각자에게 급료가 든 봉투를 나눠 주고는 봉투 한 개를 더 주며

"오늘 수고했습니다. 이걸로 돌아가다가 시원한 음료라도 사서 들도록 하시오. 그리고 낼 오전에 에어컨이 설치되면 시원할 겁니다. 혹여 시공한 물건에 하자가 있으면 내 전화할 터이니 낼 오후 시원할 때 들러서 손 좀 봐주시오."

인부들은 말없이 고개를 숙이거나 끄덕이며 사장실을 나왔습니다.

좌석양보

결혼한 지 얼마 되지 않은 젊은이는 집이 서울이었습니다. 그런데 젊은이의 직장은 대전에 있습니다. 그래서 젊은이는 매일 아침 7시에 기차를 타고 대전에 갔다가 저녁 6시면 기차를 타고 서울로 돌아옵니다. 젊은이는 출근 전에 꼭 아침 신문을 가지고 기차에 오릅니다. 거기서 대전까지 가는 동안 신문을 읽습니다.

그는 서울역에서 기차를 타고 좌석을 찾아 앉았습니다. 젊은이는 항상 7호 차에 좌석이 있습니다. 미리 한 달분을 예약해 두기 때문입니다.

그날도 좌석에 앉아 신문을 펼치고 읽기 시작했습니다.

그때입니다. 젊은이의 옆에 웬 할머니가 서는 것입니다. 언뜻 봐도 흰머리에 주름진 얼굴이 연세가 많아 보였습니다. 젊은이는 할머니를 보자 벌떡 일어났습니다.

"할머니, 여기 앉으세요."

"아이고! 미안하고 고마워라. 젊은이에게 빚을지네. 앞으로 복 많이 받으시오."

젊은이는 웃으며 복도에 선 채 할머니가 앉은 좌석에 기대어 신문을 읽다 열차가 대전에 도착하자

"할머니, 안녕히 가세요."

하고 내렸습니다.

이렇게 젊은이는 어린아이를 안거나 업은 사람, 나이든 어르신, 몸이 불편한 분들에게 항상 자리를 양보했습니다. 그 열차의 그 칸을 그 시간에 이용하는 사람들은 젊은이의 그러한 행동을 대부분이 잘 알고 이해했습니다.

그렇게 몇 년이 흘렀습니다.

어느 날부터 젊은이가 출근하지 않았습니다. 젊은이 직장 출근지가 다시 서울로 발령되어 대전에 갈 일이 없어졌기 때문입니다. 그런데 젊은이가 타던 그 열차에서 이상한 일이 일어나기 시작했습니다. 그 열차의 그 시각 그 칸에서는 항상 자리를 양보하는 사람들이 생긴 것입니다. 노약자나 몸이 불편한 분을 보면 누구든지 본 사람이 먼저 좌석을 양보하는 것입니다. 지금도 아침 7시발 서울에서 부산 가는 열차의 7번 칸은 양보하는 사람들로 가득합니다. 한 젊은이가 시작했지만, 이제는 누구든 양보 잘하는 칸이 되었답니다.

친구와 우정1

　제주도 바닷가 정자에는 혼자 앉은 할머니가 있습니다. 할머니는 매일 비바람이 불지 않는 한 이곳에 나와 저 멀리 바다를 바라보고 계십니다. 할머니에게는 아들이 하나 있었습니다. 그런데 작년에 배를 타고 나간 아들이 아직 돌아오지 않고 소식이 없습니다. 그렇게 어두워질 때까지 앉아 있으면 꼬맹이 하나가 할머니에게 옵니다.

　"할망 가자. 밥 먹자. 배고프다."

　그제야 할머니는 부스스 일어나 꼬마의 손을 잡고 천천히 집으로 돌아갑니다. 할머니가 사는 곳은 초등학교를 지나 한참을 걸어 큰길을 건너야 마을이 있고 그곳에 작은 슬레이트집이 있습니다.

　어느 날입니다. 할머니가 그날도 바닷가 정자에 앉아 바다를 바라볼 때입니다. 앞에 웬 젊은 남자가 다가와 서더니 꾸벅 인사를 했습니다.

　"어머님, 안녕하셨어요? 저 윗마을에 살던 영식입니다. 어려서 초등학교 다닐 때 어머님께서 제게 많은 도움을 주셨지요. 그래서 찾아왔습니다. 배 타고 나간 철수 소식도 대강 들어 알고 있습니다. 그래서 어머님 생각이 나 제가 찾아뵙고 싶어 왔습니다."

할머니는 그제야 생각난 듯

"맞다. 네가 내 아들 친구 영식이구나."

할머니는 아들의 친구를 보자 아들 생각이 나서 눈물을 글썽였습니다. 영식의 손을 잡고 집으로 돌아왔습니다. 그때 유치원에 갔던 꼬맹이도 집으로 돌아왔습니다.

돌아오지 않는 아들과 영식이는 같은 초등학교에 다니는 친구였습니다. 영식이네 집은 이 집에서도 20분을 걸어 윗마을까지 가야 합니다. 4학년이 되면서 오후 수업을 하고 청소를 마치면 세 시가 돼야 집에 갑니다. 그러면 배가 몹시 고팠습니다. 철수와 영식이는 둘이 같이 산 위 집을 향해 걷다 보면 철수네 집이 나옵니다. 철수는 집으로 들어갈 때마다 영식이의 손을 끌었습니다.

"영식아, 밥 먹고 가라."

그러면 철수와 같이 영식이는 철수네 집에서 점심밥을 한술 뜹니다. 철수 어머니도 친구인 영식이에게 수저와 밥을 주며 같이 먹게 했습니다. 배가 몹시 고픈 영식이에게 허기를 면하게 해주는 것입니다. 밥을 먹은 영식이는 다시 20분 가까이 걸어 집으로 돌아갑니다. 이런 생활이 학교를 졸업할 때까지 계속됐습니다.

그렇게 우정을 나누며 자란 철수는 외항선을 탔는데, 그 배는 현재 소말리아에 억류되어 있습니다.

친구와 우정 2

　영식이와 철수는 같은 초등학교에 다니며 같이 4학년입니다. 둘은 아주 친했습니다. 가끔은 다투기도 하지만 짝꿍이 되어 서로 이해하며 어울리곤 합니다. 4학년이라서 점심 식후 한 시간 정도 공부를 더 하고 집으로 돌아갈 때쯤이면 서로 장난을 치며 하교합니다. 심지어 둘은 학원도 같은 학원에 다니고 옷이나 신발도 같은 것을 살 정도였습니다.

　같은 학교 6학년에는 '남적'이라는 학생이 있었습니다. '남적이'를 사람들은 이름을 빗대어 남쪽이라며 놀렸습니다. 그런 '남적이'는 사람들이 자기를 남쪽이라 부르는 것을 아주 싫어했습니다.

　어느 날, 영식이와 철수가 공부를 마치고 하교할 때입니다. 운동장에는 큰길 쪽에 정문이 있지만, 뒤쪽 작은길에 작은 문이 하나 더 있었습니다. 사람들은 대부분 큰 정문을 이용하지만 작은 문을 이용하는 사람들도 있었습니다. 영식이와 철수는 작은 문을 이용합니다. 이곳은 사람들의 발길이 뜸하지만, 학교를 빙 돌아 집으로 가지 않는 지름길이기 때문입니다.

그때 저쪽 작은 문으로 '남적이'가 들어오고 있습니다. 그들은 점점 더 가까워지더니 서로 지나쳤습니다. '남적이'가 저만큼 멀어지자 영식이는 철수를 보며 말했습니다.

"너 봤니? 저기 남쪽이가 간다. 남쪽이."

하며 '남적이' 쪽을 돌아보며 손으로 가리키는 겁니다. 그때입니다. 지나쳐 저만큼 가던 '남적이'가 '획' 돌아서며

"너희들, 거기 서!"

하며 빠른 걸음으로 되돌아오더니 무턱대고 철수에게

"너 조금 전에 나보고 남쪽이라 놀렸지?"

하며 발로 철수를 세게 찼습니다. '남쪽이'라 한 것은 영식이였지만 철수는 아무 말도 하지 않았습니다. '남적이'는 계속하여 철수를 몇 번이나 때렸지만, 철수는 맞으면서도 영식이가 '남쪽이'라고 했다는 말을 하지 않았습니다. 드디어 철수의 코에서 코피가 나자 '남적이'는

"한 번만 더 '남쪽이'라고 하기만 해봐라."

하더니 '획' 돌아서 오던 길을 질러 교실 쪽으로 갔습니다. 철수는 맞아 얼굴이 벌겋고 상의 주머니가 터져 있었습니다. 코에도 피가 흐르지 않도록 휴지를 말아 끼웠습니다. 철수는 억울했지만 '꾹' 참았고 맞아 기분이 나빠져서 아무 말 없이 걸었습니다. 같이 걷는 영식이는 영식이대로 말을 할 수 없었습니다. 철수가 맞는 것을 '쭉' 보아왔던 것입니다. 철수가 자기 때문에 코피가 나도록 맞는 것이 못내 안타까웠습니다. 그렇지만 맞는 것이 두려워 내가 그랬다고 말 못 한 것이 몹시

비겁한 행동이라는 생각이 들었습니다. 영식이와 철수는 묵묵히 땅만 보며 작은 문을 빠져나와 동네에 들어서자 각자의 집으로 돌아갔습니다. 그때 영식이의 기억 속에는 철수가 멋진 친구라는 생각이 들었습니다.

다음 날에도 영식이와 철수는 또다시 장난을 치며 예전의 친구 사이로 돌아갔습니다. 학교 앞에서 떡볶이를 사도 같이 나누어 먹었습니다.

그렇게 우정을 쌓으며 자라난 두 사람은 소방대원을 뽑는 공채시험에 응시하였습니다. 그리고 둘 다 합격하여 소방대원이 되었습니다. 소방서에서도 둘은 항상 같이 어울리며 근무를 했습니다.

그러던 어느 날입니다. 시내의 이층집에 불이 났습니다. 영식이와 철수는 불자동차를 타고 같이 출동했습니다. 그런데 현장에 가보니 불은 이미 1층은 물론 2층까지 '활활' 타고 있었습니다. 소방대원들이 호스를 연결해 이곳저곳에 물을 뿌려댔습니다. 그때 갑자기 사람들 뒤쪽에서

"1층 안방에 아기가 자고 있어요!"

하는 다급한 여인의 목소리가 들리는 겁니다. 불 끄는 것보다 사람의 생명을 구하는 것이 우선이라고 영식이와 철수는 배웠습니다.

앞에 있던 철수가 손에는 쇠 갈고리를 들고 산소통을 멘 채 불붙은 집으로 들어가려 할 때입니다.

"철수야! 잠깐만."

하는 영식이의 목소리가 들렸습니다. 철수가 멈칫하며 돌아볼 때 영

식이가 철수의 어깨를 뒤에서 '확' 잡아끌었습니다. 그 바람에 철수는 뒤로 '벌러덩' 나자빠졌고 철수가 일어섰을 때는 이미 영식이가 불 속으로 뛰어 들어간 뒤였습니다. 철수가 다시 들어가려 하자

"동작 그만! 들어가지 마. 너무 위험해!"

하는 소방대장의 명령이 들렸습니다. 철수가 이러지도 저러지도 못하는데 불 속으로 들어간 영식이는 보이지 않았습니다. 철수는 영식이가 무사히 나오기를 마음으로 빌며 영식이가 들어간 문을 향하여 부지런히 물을 쐈습니다. 그렇게 물을 뿌려대도 불은 쉽게 꺼지지 않았습니다.

그때입니다.

문 쪽에 영식이의 비틀거리는 모습이 얼핏 보였습니다. 철수는 호스를 옆 대원에게 주고 영식이를 부축하려 뛰어가는데 갑자기 불붙은 문틀과 대들보 같은 나무가 영식이의 머리 쪽으로 떨어져 내렸습니다. 순간 영식이는 불붙은 낙목을 맞고 불 속에 엎어졌습니다. 철수가 달려들어 옷에 불이 붙은 영식이를 끌어내는데 엎어져 넘어진 영식이의 품 안에는 아기가 죽어라 하고 울고 있었습니다.

그로부터 3일 뒤 아기를 구하고 영식이는 하늘나라로 갔습니다. 결혼식을 한 달 앞두고 떠난 것입니다. 이미 청첩장까지 모두에게 돌렸건만 누구도 참석 못 하는 결혼식이 되었습니다.

영결식은 소방장으로 치르는데 철수와 영식이의 모친과 아가씨는 슬픔으로 계속 울었습니다. 모두 슬피 울며 살신성인이라고 영식이를 칭찬하는 것이었고 비록 영식이는 죽었지만, 계급도 1계급 특진이 되

었습니다.

그 사건이 있은 뒤로 철수는 소방서에 출근할 수가 없었습니다. 금방이라도 영식이가 문을 밀고 들어와 '출근하자!'라고 말을 할 것만 같았습니다. 꼭 영식이가 나를 대신하여 죽은 것이라는 생각 때문입니다. 그날 자기가 들어갈 불 속을 영식이가 대신 들어갔기에 영식이가 당한 것이라는 생각이 끊임없이 철수의 머릿속을 괴롭혔습니다.

철수가 말없이 하늘을 보며 마루에 앉아 있을 때입니다. 영식이 어머니가 문을 밀고 들어오더니 공책 하나를 철수에게 주는 것입니다. 철수가 인사를 하고 공책을 받아 보니 그것은 영식이의 일기장이었습니다. 일기장을 펼쳐보니 초등학교 때의 것으로 삐뚤빼뚤한 글이 연필로 쓰여 있었습니다. 철수가 접혀있는 페이지를 펼쳐보니 일기는 이렇게 쓰여 있었습니다.

"오늘 '남적이'가 나 대신 철수를 많이 때렸다. 그래도 철수는 나를 원망도 하지 않고 일러바치지도 않았다. 철수가 너무 늠름하고 멋지다. 이런 친구를 위해 나도 언젠가는 큰일을 해줘야 한다."

코로나와 마스크

코로나라는 감기가 전 세계를 마비시켰습니다. 버스 운전기사는 항상 마스크를 쓰고 운행을 해야 했고, 승객들도 마스크를 써야 버스에 탑승할 수 있었습니다. 그런데도 마스크를 쓰지 않고 버스를 타는 사람이 있습니다. 운전기사는

"마스크를 쓰세요."

그러면 쓰지 않은 사람은

"죄송합니다. 깜빡했어요."

이렇게 미안해하며 마스크를 대부분 꺼내 쓰는 것입니다. 그런데 그날은 웬 젊은이가 그냥 타기에 "마스크를 쓰세요." 했더니

"당신이 뭔데 마스크를 쓰라, 마라 해요? 나 여기 마스크 있소."

하고 주머니에서 마스크를 꺼내 보여 주는 겁니다. 운전기사는

"얼른 쓰세요!"

하니 젊은이는

"이 씨, 더러워서 이 버스 못 타겠네."

하고 내렸습니다.

버스는 출발하고 얼마 후 종점으로 돌아왔습니다. 그런데 회사의 간부가 나오더니

"승객하고 싸웠소?"

"싸우긴 뭘 싸워요. 잠시 실랑이가 있었지요."

이렇게 말했지만, 버스에서 내린 젊은이가 시청에 '버스 기사가 불친절하고 마스크가 있는데도 쓰지 않고 탔다고 닦달하더라.'라며 고발했습니다. 그러자 시청에서는 버스 회사에 잘못을 추궁했습니다. 이번에는 버스 회사가 버스 운전 기사에게 1주일이라는 무급 휴가를 벌주었습니다. 버스 운전기사는 억울했지만 할 수 없이 집에서 일주일을 쉬었습니다. 그걸로 끝나는 것이 아닙니다. 고과 점수에 반영되어 며칠

후 월급날에는 월급이 다른 사람보다 조금 적게 나왔습니다. 마스크는 전염을 막기 위해 항상 써야 하는데도 젊은이는 쓰지 않고 큰소리치며 고발까지 한 겁니다.

버스 운전기사는 억울했지만, 생각하고 또 생각했습니다. 그리고 다음 운행부터는 버스 안에 마스크를 몇 장 비치하였습니다. 정말 잊었거나 미처 준비 못 한 승객에게 무료로 마스크를 한 개씩 주니 운전기사의 인기가 대단하였습니다. 승객들은 이 소식을 회사는 물론 방송국에도 제보했습니다.

운전기사는 시청으로부터 상까지 받게 되었습니다.

쉬어, 차렷! 경례!

산꼭대기에 부대가 있습니다. 이 고지는 적진이 보이는 곳으로 아주 중요한 곳이라서 중대 병력이 지켰습니다. 날마다 30명이 고지 위를 지키고, 나머지 30명은 산 밑의 막사에서 생활하나 다음 날 교대를 합니다. 산 밑 막사에서 생활하는 중대장은 매일 한두 번을 산에 올라 적진을 살피고 보고를 받고 내려갑니다. 그런데 이 중대장이 제일 중요하게 여기는 것이 경례였습니다.

"군인은 절도있는 생활과 명령 복종이다."

그래서 혼자 만나면 '경례'를, 두 명 이상이면 선임자가 '쉬어, 차렷! 경례!' 하고 구호를 외치면 모든 사람이 그에 따라 행동했습니다.

산 위에서는 취사를 할 수가 없습니다. 산 밑 막사에서 세 명이 음식을 가지고 산 위로 나르면 30명이 차례로 식사를 합니다. 이 음식 나르는 일은 계급이 제일 낮은 신입 병들이 주로 했습니다. 신입 병들은 부대 사정을 잘 몰라서 부대 일이 익숙할 때까지 이런 허드렛일이나 하였습니다.

무더운 여름날입니다. 신입 두 명을 바로 위 병사가 인솔하여 세 명이 음식을 메거나 들고 산을 올랐습니다. 그때 산 중턱에서 중대장을 만났습니다. 일등병은 풀어헤친 복장의 단추를 채우며

"쉬어, 차렷! 경례!"

를 외쳤습니다. 그러자 밑에 졸병 둘은 어찌할 줄을 몰라 엉겁결에 손에 든 것을 놓고 경례를 붙였습니다. 순간 '퍽' 하는 소리와 함께 배식으로 나온 날달걀 한판 서른 개가 거의 다 깨져 노란 물이 되었습니다.

a Bull-shaped Rock(황소 바위)

"땅, 땅, 땅!"

"텅, 텅, 텅!"

오늘도 어김없이 무언가를 두드리는 이 소리는 메아리를 타고 이산 저산으로 산속을 울립니다. 귀신형상의 두 사람이 바위를 깨뜨리는 소리로 한 사람은 작은 망치, 또 한 사람은 큰 망치로 바윗돌을 두드립니다. 사람인지 귀신인지 구별을 못 할 정도로 봉두난발에 걸친 옷은 다 찢어지고 그 사이로 보이는 살결도 때가 절어 새카만 합니다.

사람들이 이용하는 길에 산을 넘어야 하는 곳이 있습니다. 가는 사람, 오는 사람들은 꼭 이 산을 넘어야만 합니다. 그런데 그 산을 넘으려면 힘든 곳이 한군데 있습니다. 바로 황소 바윗길입니다.

낭떠러지 절벽 위에 조그만 길이 하나 있고 그 옆에는 커다란 소가 엎드린 것 같은 바위가 있습니다. 그 황소 바위에 붙어 집채만 한 큰 바위들이 솟아 사람들은 그곳으로는 넘어 다닐 수가 없습니다. 또 절

벽 밑은 강이 흐르고 구불구불한 강 넘어도 바위산이 이어져 있기에
오직 다닐 수 있는 길은 절벽 위의 작은길 하나뿐입니다. 오가는 사람
마다

"어이구. 그 길 넘다가 간 떨어질 뻔했네."

하는 소리를 하면서도 그 길은 계속 애용되었습니다. 돌아가는 길이
있으나 사, 오리를 돌아야만 했습니다. 그래서 무거운 짐을 가진 장꾼
이나 짐꾼들은 돌아가는 길로 다녀야만 했습니다.

전에 사또의 명으로 길을 넓히기 위해 석수장이 둘이 황소 바위라 불리는 이 바위를 깨러 왔으나 정이 들지 않는 아주 강한 돌이라서 포기하고 돌아갔습니다. 작은 돌로 황소 바위를 치면 '땅, 땅' 소리가 나는 철이 섞인 돌이랍니다.

사람들은 위험한 줄 알지만, 지름길이 그곳밖에 없어 절벽 위 길을 한 손으로 황소 바위 머리 부분을 잡거나 더듬으며 힘들게 넘어 다녔습니다.

어느 날입니다.

서당에 가던 산 밑 동네 아이 중 하나가 악마가 부린 심술 때문인지 절벽 밑 강물로 떨어져 목숨을 잃었습니다. 나이 마흔이 넘어 얻은 외아들을 잃은 부모는 하늘이 무너지는 슬픔으로 눈만 뜨면 눈물을 흘리며 통곡했습니다. 예전에 어디 사는 누군가가 떨어져 죽었다는 이야기는 있었어도 아이의 부모는 자기 집에 이런 일이 일어날 줄은 상상도 못 했습니다.

"서당에 다녀오겠습니다."

"오냐, 황소 바위 조심하고."

하고 떠난 자식이 금방이라도 문을 열고 들어오며

"서당에 다녀왔습니다."

할 것만 같았습니다.

매일 슬퍼 가슴을 치며 울고, 베개를 다 적시며 울기만 하던 아이 부모는 어느 날, 조그만 보따리를 손에 들고 산에 올랐습니다. 황소 바위 밑에 다다른 부모는 보따리를 풀어 보를 바닥에 깔았습니다. 그리고 싸 왔던 물건들을 보 위에 진설했습니다. 그것은 사과 한 알, 마른오징어 한 마리, 초 한 자루, 잔 한 개와 소주 한 병이 다였습니다. 진설이 끝나자 황소 바위와 온 천지의 신령님을 위하여 부부는 나란히 절을 하고 무엇인가를 '웅얼웅얼' 빌었습니다. 어떤 일을 행함에 앞서 동티 나지 않도록 제를 지내는 모습을 허공중에 뜬 종달새가 지켜보는 그곳은 온통 붉은 진달래꽃의 바다였습니다.

촛불을 끄고 산에서 내려온 다음 날입니다. 처마에 집을 짓는 제비 두 마리를 잠시 바라보던 부부는 손에 망치와 사다리를 들고 산을 올랐습니다. 황소 바위에 사다리를 대고 바위에 오른 아이의 아버지는 완마로, 어머니는 함마로 바위를 내려치기 시작했습니다. 황소 바위를 깨버리기로 작정한 것입니다. 그러나 단단한 바위는 꿈쩍도 하지 않았습니다. 여기저기 깨질만한 곳을 골라 내려치기를 온종일 했지만 아무 소득이 없었습니다. 그렇게 망치질만 하다가 해가 질 때가 되어서야 산에서 내려왔습니다.

온몸이 아파져 왔습니다. 종일 망치질을 해댔으니 팔과 허리도 아프고 움직일 때마다 전신이 뻐근하며 일어설 기력도 없었습니다. 하지만 어떤 일의 변환은 어느 한 사람의 시작이 없으면 발전하지 못하는 것이라 생각했습니다.

다음날 해가 밝았습니다. 아침 식사를 대강 끝내자 부부는 다시 산으로 향했습니다. 그리고 그날도 황소 바위를 타고 앉아 망치질을 해댔습니다. 고요한 산에 망치질 소리만 들립니다. 그 소리는 메아리가 되어 온갖 새들의 울음소리마저 삼킨 지 오랩니다.

이렇게 한 달여가 지났습니다. 두 사람의 몰골은 흡사 걸인처럼 변해갔습니다. 빗거나 묶지 않은 머리카락이 흘러내리고 잘 씻지 않은 몸이나 옷은 시커멓게 때가 절었기 때문입니다. 그런 그들의 모습을 보고 동네 사람들은 실성했다고 수군거렸습니다.

"애 잃고 정신이 나갔어."

"사또가 시킨 석수들도 못 깬 바위야."

"두 사람이 미쳐서 헛일만 하겠군."

모두가 두 부부를 미쳤다고 했지만, 부부의 집념은 끝이 없었습니다. 어떤 때는 정을 쥔 왼손을 망치로 잘못 때려 검지 손가락이 깨졌습니다. 그곳이 무척이나 아파 '엉엉' 소리 내어 울기도 했습니다. 앞 산마루를 붉게 물든 황혼의 색과 같은 붉은색의 피가 흘렀습니다. 부부는 헝겊을 동여매고 산에서 내려왔습니다. 저 붉은 노을도 손을 흐르는 붉은 피도 시간이 가면 멎을 것입니다. 오로지 부부의 집념은 바위를 없애고 길을 넓히는 것뿐이었습니다.

처마 밑의 제비집에서 새끼가 태어났습니다. 노란 주둥이를 벌리며 어미에게 먹이를 달라며 시끄럽게 하는 다음날도 부부는 산에 올랐습니다. 그리고 황소 바위를 탔습니다. 누구도 도와주지 않는 지루한 싸움을 오늘도 계속해야 합니다. 누가 시킨 것도 아닙니다. 저 원수 같은 바위를 깨부수어야겠다는 각오 하나로 계속 바위를 때렸습니다. 처음부터 포기하는 것보다 되든, 안되든 끝까지 해 보고 후회하자고 다짐했습니다. 어차피 살아간다는 것 자체가 고통이기에 그 고통을 조금 더 하리라 생각했습니다.

부부는 말을 잃었습니다. 동네 사람 누가 뭐라 해도 대꾸가 없습니다. 밥술 놓으면 으레 산을 향했습니다. 그게 당연한 듯, 해야 하는 일이 사명인 듯이 날마다 황소 바위와의 싸움은 계속되었습니다.

이따금 황소 바위 옆 절벽 길을 넘는 사람이

"이 사람아. 그만하면 됐네. 인제 그만 산을 내려가 농사 준비를 해야 하지 않겠나?"

그러나 대꾸 없이 부부는 묵묵부답으로 오로지 바위만 내리쳤습니다.

제비들이 모두 없어졌습니다. 따뜻한 남쪽 나라를 향해 먼 길을 떠난듯합니다.

날이 추워졌습니다. 춘삼월 꽃필 때 시작한 일이 벌써 가을이 머무는 듯 산천이 불붙는 듯한 단풍으로 물들었습니다. 그리고 얼마 지나지 않아 낙엽이 뒹굴더니 이제 해가 바뀌려 합니다. 첫눈이 오려는지 바람불어 날씨가 추우며 꾸무름합니다.

부부의 몸은 상처투성이로, 감은 헝겊 사이 여기저기 핏물이 묻거나 배어 나왔습니다. 몰골은 사람인지 귀신인지 분간이 안 됩니다. 부부의 손바닥은 굳은살이 박혔습니다.

하늘에서 눈이 내립니다. 첫눈이 흩날리는 어두워지는 산길을 부부는 손을 잡아끌고 당기며 허깨비처럼 건들건들, 술 취한 사람처럼 흔들 비틀거리며 내려왔습니다.

그동안 사다리가 세 개요, 망치 자루가 부러져 몇 번을 갈았는지 셀 수가 없습니다. 이제 눈이 오면 산은 아무도 오르지 못합니다. 마을이

나 조정에서도 이 길은 눈이 녹을 때까지 폐쇄됩니다. 산을 넘다가 미끄러져 생기는 인명의 살상을 줄여 보자는 뜻입니다. 정 급하면 오리 길을 돌아가야 합니다.

산을 못 오른 부부는 하얀 눈보라 속에 실루엣처럼 보이는 황소 바위산을 청마루에서 '멍'하니 보고 있었습니다.

부부는 이불을 끌어당겨 덮었습니다. 그리고 추운 겨울을 이기려 잠을 청했습니다. 천장에서는 황소 바위가 어른거립니다. 그 바위 위에서 힘껏 망치를 내려치는 남편의 모습이, 아내의 모습이 왔다, 갔다 합니다.

온갖 생각이 교차합니다. 죽은 아이 생각부터 깨지지 않는 바위, 기약 없이 앞으로 남은 나날들까지 모든 것이 걱정되었습니다.

이제껏 부부가 깨부순 바위는 없습니다. 다만 황소 바위를 망치로 내려칠 때마다 파편이 조금씩 튀어나오는 정도입니다.

부부는 양식이 떨어졌습니다. 콩, 조, 수수, 고구마, 옥수수 등 먹을 수 있는 것은 다 먹은 지 오랩니다. 어쩔 수 없이 가끔 집에 오는 방물장수나 이장에게 세간살이며 패물을 주고 식량과 조금씩 바꿉니다. 방물장수나 이장은 부부의 눈빛만 봐도 무엇을 원하는지 알 수 있을 정도였습니다. 그렇게 또 한 해가 갔습니다.

부부는 마주 앉아 아무런 말도 없이 아침에 죽 한 그릇을 먹고 산에서는 종일 물로만 버티며 저녁에 죽 한 그릇으로 허기진 배를 채웠습니다. 그래도 부부는 손에서 망치를 절대 놓지 않았습니다. 황소 바위는 부부의 쉬지 않는 노력으로 3분의 1 정도가 가루가 되어 내려앉아

이제 황소 모습이 아니었습니다. 윗부분도 올라서서 일할 수 있도록 등허리 부분이 평평해 졌습니다. 그날은 비가 오고 그치길 반복하여 더는 일을 못 하고 커다란 무지개가 걸린 동네 들판 쪽을 쳐다보며 산을 내려왔습니다.

다음 날입니다.

그날도 아침부터 힘을 쏟아 바위에 망치질할 때입니다.

"아야, 아야, 아."

부인이 한 손바닥으로 눈을 가리며

"아야, 아야."

합니다. 남편이 망치질을 멈추고 부인에게 다가가 손을 떼게 하고 들여다봤습니다. 양쪽 눈에서 눈물이 흐르지만, 왼쪽 눈에서는 눈물과 핏물이 섞여 흘렀습니다. 남편은 왼쪽 눈에서 돌 파편을 뽑았습니다. 아파 '엉엉' 우는 부인을 데리고 그날은 일찍 산에서 내려왔습니다. 비 오는 날이나 눈 오는 겨울이 아니면 쉬는 날이 없던 부부지만 그날은 부부가 쉬었습니다.

한이 맺혔음일까. 원한이 맺혔음일까. 원망이 맺혔음일까. 한이라면 무엇에 대한 한이고, 원한이라면 상대방이 누구이며, 원망이라면 그 이유가 무엇이란 말입니까. 방안에서 부부는 서로를 끌어안고 눈에 핏 발이 서도록 통곡했습니다.

다음날 남편은 홀로 산에 올랐습니다. 한참을 돌을 때리고 있는데 밑에서 무엇이 부스럭거렸습니다. 고개를 돌려보니 부인이 다친 눈을 솜으로 누르고 머리에서 눈, 턱을 거쳐 뒤 머리카락 속으로 헝겊을 동여

매고 나타난 것입니다. 그리고 망치를 들고 돌을 때리는데 그 모습을 본 남편은 가슴이 찡하고 울컥 치밀어 올라오는 덩어리를 삭이며 모른 척 고개를 돌려 외면해야만 했습니다. 이런 두 사람이 이상하다는 듯 저쪽에서는 다람쥐 두 마리가 고개를 갸우뚱하며 쳐다보고 있습니다.

결국, 부인은 한쪽 눈을 실명하고 나머지 눈으로 세상을 바라봐야 했습니다. 동네 사람들뿐이 아니고 소문을 들어 알고 있는 모든 사람이 비웃었습니다. 하지만 어쩌다 요깃거리를 싸 오는 사람도 있었습니다.

"이것 좀 들고 조금 쉬었다가 하셔. 그리고 뜻이 장하긴 한데 어지간 하면 그만하지."

부부는 못 들은 척 말없이 망치질만을 계속했습니다. 누가 무슨 말을 해도 부부의 귀에는 단 한마디의 말도 들어오지 않았습니다. 세상에는 실행 전에 장담할 수 있는 일은 아무것도 없습니다. 다만 그렇게 될 것이라고 믿고 행하는 길뿐이기 때문입니다.

황소 바위는 이제 배 부분만 남고 모두 가루가 되었습니다. 근처에는 돌 부스러기 가루가 수북했습니다. 키 큰 어른들은 바위에 올랐다가 반대쪽으로 내려가면 절벽으로 가지 않아도 넘어서 길을 갈 정도였습니다.

또다시 해가 바뀌었습니다.

그날도 부부가 산에 올라 돌을 두드렸습니다. 그런데 몇 번을 두드리지 않았지만, 바위에 금이 가기 시작했습니다. 조금만 더 때리면 금이 간 바위가 깨져 나갈 것만 같았습니다. 이곳저곳을 두드릴 때마다 소득이 있었습니다. 돌 깨기가 한결 쉬워져 자갈돌이 되어 부서졌습니다. 하느님의 은총이었을까, 아니면 이번엔 천사의 도움이었을까? 그렇게 황소 바위는 차츰 자취를 잃어갔습니다. 그로부터 수십 일이 지나자 돌부리 몇 개만을 남기고 황소 바위는 이제 세상에서 사라졌습니다. 이곳저곳에 튀어나온 모서리를 다듬기만 하면 됩니다. 사람들은 비록 튀어나온 돌부리나 모서리에 걸려 넘어질 수는 있어도 위험한 절벽 쪽으로 더는 다니지 않아도 됩니다.

해가 산마루에 걸렸습니다. 제대로 먹지 못해 비틀거리며, 가슴까지 덮는 머리카락을 연신 쓸어넘기며 부부는 산에서 내려왔습니다. 찬바람 속에 가랑잎이 이리저리 나뒹굽니다. 보름 정도만 지나면 겨울이 올 것입니다.

부인이 집으로 들어가자 남편이 이웃의 젊은 이장을 찾았습니다. 아이 잃은 후 처음으로 입을 열었습니다.

"돌은 다 깼고 이제 바닥만 고르면 된다네. 그거는 자네들이 마저 하시게나. 난 이제 더 이상은 산에 올라가지 않으려네."

그리고 돌아와 방으로 들어갔습니다. 들어온 남편은 이내 부인 옆에 나란히 누워 멀리서 들려오는 부엉이 울음소리를 들으며 잠을 청했습니다.

'부엉, 부엉, 부엉~.'

이불 밖으로 나와 있는 얼굴과 목 주위에는 생겼다가 아문 상처나 피딱지가 엉기고 뭉친 곳들이 수없이 자리를 잡고 있었습니다.

이장은 이장대로 놀랄 수밖에 없었습니다. 몇 달 전까지만 해도 황소 배 부분이 남았었는데 다 없어지고 고르기만 하면 된다니 믿을 수가 없었습니다.

이장이 산에 올라갔습니다.

누가 아프든, 죽든 '휘영청' 밝기만 한 달빛 아래 드러난 황소 바위 터에는 정말 이제 황소가 없었습니다. 그 길로 황소 바위가 있던 곳을 넘었습니다. 한밤에야 관아에 도착한 이장은 공방 집의 문을 두드렸습니다.

"공방 어르신, 이장입니다. 좀 일어나 보세요. 드릴 말이 있습니다. 제가 전부터 도와달라고 몇 번을 말씀드렸잖아요. 어제께 두 내외가 드디어 황소 바위를 깨부숴 없앴습니다. 이제 평탄작업만 하면 되니 사또께 말씀드려 큰 상이라도 내려 주셔야 하겠습니다."

자다 일어난 공방도 믿기지 않았습니다.

"알았으니 이만 가보게. 날 밝으면 내가 조처하겠네."

해가 밝아 모든 것이 밝혀지자 사또는 공방을 시켜 길을 마저 다듬게 했습니다. 그리고 도화원을 시켜 그 모습을 그림으로 그리게 했습니다. 사또는 그 그림을 동헌 벽에 걸고 들어오는 사람들에게 자기의 치적이라는 점을 자랑하기 위해서였습니다. 후세 사람들은 그림을 보고 사또의 이름만 기억할 것입니다.

세 사람이 정과 망치를 들고 모서리나 튀어나온 곳을 두드리자 돌은 쉽게 깨져 평탄하고 바른 바닥이 생겼습니다.

"아니, 이렇게 돌이 잘 깨지는데 뭣 때문에 3년이 넘게 걸렸대?"

"모르지. 놀면서 천천히 해도 1년이면 다 했겠구먼."

또 다른 사람이

"상 받으려고 시간을 끌었겠지."

내막을 모르는 사람들은 제각각 내뱉고 버리는 폄하나 폄훼의 말들
을 해댔습니다.

부인 옆에 나란히 누워 자던 남편은 이상한 소리를 듣고 잠이 깼습
니다.

"췻. 춰춰."

"왜 그래요. 추운 거요?"

"으응,"

남편은 이불을 끌어당겨 부인을 덮어주고 자신도 모로 누워 부인을

끌어안았습니다. 부인도 모로 누운 채 꼬물꼬물 천천히 차가운 손가락을 움직여 남편의 따뜻한 겨드랑이에 밀어 넣었습니다. 그렇게 두 사람은 마주 끌어안고 잠을 청했습니다. 감은 눈 속에서는 맨 처음 일 시작할 때의 진달래가 만개한 산 위쪽에 깨지지 않은 황소 바위가 보였습니다.

다음 날 사또는 자기의 치적이나 자랑으로 돌릴 겸, 귀빈들에게 홍보도 할 겸해 큰 잔치를 열었습니다. 그곳에는 이방, 호방, 예방, 병방, 형방, 공방을 비롯한 수령 방백과 각 마을의 유지들이 대거 참석했습니다. 이 마을이 생긴 이래 이렇게 많은 사람이 모이긴 처음입니다.

수인사와 눈인사를 하며 둘러보던 사또가 이장에게 말했습니다.

"모든 사람이 마을의 잔치에 참여한 것 같은데 정작 와야 할 두 사람이 빠졌구나. 미안해서 그러나? 부끄러워 못 오나? 자네들은 어서 가 두 사람을 모셔오게."

나졸 둘과 이장이 부부의 집에 가서 부부를 찾았습니다.

"어르신 계세요?"

몇 번을 불러도 대답이 없자 이상한 생각에 이장이 문을 열었습니다. 방 안에는 두 부부가 마주 보며 잠을 자고 있었고 작은 나방 한 마리가 사방 벽을 '빙빙' 돌며 날고 있다가 문이 열리자 살았다는 듯 밖으로 도망쳤습니다.

"어르신, 그만 일어나세요."

하며 이장이 이불 밖에 나와 있는 남편의 어깨를 흔들었습니다. 아무래도 이상했습니다. 살며시 이불을 들추고 한 번 더 흔들었습니다.

"아이, 어르신! 사또님이 찾아요. 그만 일어나세요."

그러자 모로 누워 붙어있던 한 몸이 둘로 갈라지는데 끌어안은 모습 그대로 이미 몸은 굳어 있었습니다. 살펴보니 상처뿐 아니라 얼굴에 핀 검버섯마저 허옇게 변해 있었습니다. 저 절벽 밑을 흘러가는 강물처럼 버려진 노인과 노파는 그렇게 흘러간 것으로, 두 개의 촛불은 제 몸을 모두 태워 세상을 편리하도록 밝히고는 세상과 이별을 한 것입니다. 생명은 오늘도 내일도 이렇게 사라지고 또한 태어날 것입니다.

소식을 듣고 사또는 부부의 장례를 치르러 이방을 불러 부부의 가족, 친척과 재산을 파악했습니다. 그러나 부부에게는 가진 게 아무것도 없었습니다. 3년 반 동안 바윗돌을 깨며 두 마지기 전답과 가재를 팔아 식량과 바꿔 먹었던 것입니다. 남은 것이 있다면 작은 무쇠솥 하나와 밥그릇, 국그릇, 수저가 두 벌씩 있고 덮고 있는 누더기 이불뿐입니다. 다른 것은 아무것도 남아 있지 않았습니다. 심지어 땔감인 장작 한 개비도 그 집에는 없었습니다. 딱 여유로운 것이 있긴 있는데 그것은 간장 종지에 담긴 한 줌의 소금이 다였습니다.

부부는 황소 바위가 다 깨진 날에 드디어 목표를 달성했다고 생각하니 그동안의 피로와 허탈감이 몰려왔습니다. 마음이 놓였습니다. 그러자 배고픔도 사라지고 원기도, 그리움도, 의욕도, 희망도, 그렇게 저주하던 바위에 대한 원망마저도 모두 빠져나갔습니다. 대신 빠져나간 자리를 잠이 파고들었습니다. 부부는 깊고도 깊은 잠속으로 그날 밤에 잠겨 들어간 것입니다.

갈림길

다른 지역에서 길을 따라 읍내를 가려면 꼭 거쳐야 하는 마을이 있습니다. 논밭을 지나 마을 입구에 들어서면 구불구불한 길 양쪽으로 대문이 있고 집들이 늘어서 있습니다. 그런데 이 구불구불한 골목을 따라가다 보면 오른쪽으로 제법 큰 길이 있고 오른쪽보다 좀 작은 왼쪽 길은 골목이 아주 짧습니다. 그러나 왼쪽 길은 굽은 길이지만 계속 이어져 마을을 벗어날 수 있습니다.

외지에서 오는 사람이나 차들은 곧장 오른쪽 큰길로 들어섭니다. 그러나 양쪽에 늘어선 대문을 지나다 보면 길은 끝나고 되돌아 나와야 합니다. 힘들게 되돌아 나온 사람이나 차들은 다시 왼쪽의 조금 작은 길로 들어가 골목을 타게 됩니다. 그렇게 이 굽은 외길을 가다 보면 마을은 끝나고 읍내로 가는 길과 이어지게 되지요.

수많은 사람이 마을 가운데의 갈라지는 길에서 헛걸음하지만, 누구도 신경 쓰는 사람이 없었습니다.

동네 사람들도 '들어갔다가 길 없으면 도로 나오겠지.' 하고 생각하지만, 차량은 들어갔다가 후진하여 나오려면 진땀을 빼야 했습니다.

그런데 갈라지는 골목 앞 담벼락 오른쪽에 어느 날 다음과 같은 글이 적혀졌습니다. 누가 썼는지 삐뚤삐뚤 제멋대로 검은 매직으로 쓴 글이지만 그 글을 읽은 사람이나 차들은 더는 오른쪽 길로 들어가지 않았습니다.

"이짜근지리웁당께요→×."(이쪽은 길이 없답니다.)

외국 돈

한 아이가 있었습니다. 아이의 아빠는 외교관입니다. 그래서 아이는 외국에서 오래 살았습니다. 외국에 나가 있으면 본국의 친구들이나 친척들이 매우 보고 싶었습니다. 하지만 낯선 풍경이나 신기한 유물을 볼 수 있기에 위안이 됩니다. 그래도 고향의 학교 친구들과 어울리지 못해 항상 우울해졌습니다.

그런 아이를 위해 일요일 날에 그의 아빠는 가족들을 데리고 근처의 다른 나라로 넘어가 유적지도 보여 주고 그 나라 사람들의 사는 모습을 보여 주었습니다. 그렇게 되자 아이의 서랍 속에는 이 나라 저 나라의 지폐나 동전이 굴러다녔습니다. 아이가 그 나라에서 밥을 사 먹거나 기념품을 사고 남은 그 나라의 돈입니다.

드디어 아이의 아빠가 외교관 생활을 끝내고 고국으로 돌아왔습니다. 아이도 아빠를 따라 본국에 돌아와 학교에 편입되었습니다. 그리고 본국의 친구들과 어울리며 놀기도 하고 공부를 했습니다.

어느 날입니다. 집에서 TV를 보던 아이는 전에 갔던 나라 중에서 가뭄으로 농작물이 말라 죽어 굶는 아이들을 보게 되었습니다. 아이보다 더 어린아이들이 먹을 것을 못 먹어 힘없이 축 늘어져 있고 논밭은 먼지가 나도록 말라 곡식이 없었습니다. 아이는 그 나라 아이들이 너무 불쌍해 보였습니다. 그곳에서 같이 놀던 친구도 생각났습니다. 그 친구를 조금이라도 돕고 싶었습니다. 그래서 서랍 속에 있던 돈을 꺼내 보았습니다. 그런데 그 돈들은 어느 나라의 돈인지 구별이 어렵지만 한 움큼이 넘었습니다.

그날 밤입니다. 직장에서 돌아온 아빠를 보며 아이가 말했습니다.

"아빠, 이 돈으로 힘들어하는 그 나라의 아이를 돕고 싶어요."

아빠는 빙긋이 웃으시며

"그래, 그것 좋은 생각이구나."

아이의 아빠는 두꺼운 종이로 한 뼘쯤 되는 상자를 만들었습니다. 저금통입니다. 위에는 가는 구멍을 뚫고 앞면에는 이렇게 썼습니다.

'외국돈을 모읍니다. 모아 좋은 일에 쓰겠습니다.'

아빠는 아이의 돈을 모두 통속에 넣고 그것을 회사로 가져갔습니다. 회사에 놔두자 이 사람 저 사람들이 동참했습니다. 외국 동전뿐 아니라 잔돈에서 큰돈까지 어떤 사람은 우리나라 돈까지 넣었습니다. 외국에 출장이나 여행을 다녀온 사람들이 집에 굴러다니거나 서랍 속에 모인 돈들을 가져다 넣었습니다.

어느 날, 사장님이 이 상자를 보았습니다. 사장님은 기쁘게 웃으며 부서마다 투명아크릴로 이런 상자를 만들어 잘 보이는 곳에 놔두게 하였습니다. 이곳저곳에서 외국 돈들이 모였습니다.

어느 날, 한 은행에서 이것을 보게 되었습니다. 그 은행이 동참하고 이 회사, 저 회사가 함께 하자 이 식당, 저 마트가 참여하기 시작했습니다. 이 동전 모으기는 온 나라에서 하게 되었고, 나라에는 동전을 분류하는 사람도 생겼습니다. 그렇게 모인 돈은 드디어 외국으로 보내졌습니다.

오늘도 이렇게 온 나라에서 잠자는 돈을 모으는 일은 계속되고 있습니다.

일자리

아주 친한 친구가 있었습니다. 두 사람은 항상 서로를 이해하고 모든 일을 숨김없이 이야기하고 상의했습니다. 너무 친하여 두 사람의 다른 친구들이 시기할 정도였습니다. 두 사람은 상의 끝에 한 개의 회사를 차렸고 집도 같은 동네로 이사하여 살았습니다. 실제 사장은 공동이지만, 명의는 사장과 부사장으로 행세하며 두 사람은 회사를 잘 이끌었습니다. 회사의 이름도 '불이가(不二家 : 둘이 되지 않음)'로 짓고 더욱 우정을 쌓았습니다.

어느 늦은 봄날입니다. 두 사람은 모처럼 일요일을 맞아 회사 근처의 주점에서 술잔을 기울였습니다. 업무에서 벗어나 마시는 술은 맛이 너무 좋았습니다. 몸이 비틀거릴 정도로 취한 두 사람이 집에 돌아오는 중입니다.

마을 입구의 어떤 공장의 대문 옆 담장 위로 장미꽃이 빨갛게 피어 늘어져 있었습니다. 그 꽃은 매우 보기가 좋았습니다. 그런데 한 친구가 꽃을 보더니

"야! 내가 이 꽃을 줄 테니 네 마누라 갖다 줘라."

하더니 담장 밖으로 뻗은 가지를 하나 '뚝' 꺾었습니다. 그러자 다른 친구도 담장 밖으로 나온 가지를 꺾으며

"좋다. 그럼 이거는 네 마누라에게 줘라."

두 사람은 손 곳곳이 가시에 찔려 피가 나는 것을 참으며 꽃을 들고 집으로 돌아갔습니다. 그런데 이들을 쳐다보는 사람이 있었습니다. 바로 이 회사의 경비였습니다. 경비는 큰일 났습니다. 저 장미 나무는 이 공장의 사장이 아주 정성 들여 가꾸고 아끼는 나무인데 술 취한 저 두 사람에게 달려들어 싸울 수도 없고 그냥 두자니 사장에게 크게 혼날 것만 같았습니다. 경비는 포기했습니다. 내일 사장이 출근하면 야단맞기로 작정한 것입니다. 경비는 두 사람이 같이 한동네에 사는 '불이가' 회사의 사장들이란 것을 잘 알았습니다. 두 사람은 피 묻은 손을 옷에 닦으며 각자의 집으로 들어갔습니다.

다음날입니다. 세 줄기의 장미가 한 줄기밖에 없자 사장은 경비를 나무랐습니다. 그래도 경비는 '불이가' 회사의 사장들을 이야기하지 않았습니다. 말하면 손해 배상을 시키라고 사장이 길길이 뛰며 화를 낼 것 같았습니다. 그런데 사장은

"장미꽃이 사라지는 것도 모르는 경비를 이 회사에 둘 수 없다."

그리고 경비를 해고했습니다. 경비는 장미꽃 때문에 회사를 그만둬야 했습니다. 경비는 구인이나 구직난을 보며 일자리를 구하려고 애썼습니다. 그러나 나이 많은 경비를 채용해 주는 회사는 없었습니다. 일자리를 구하려 애를 쓰며 지내다 보니 경비는 가진 돈이 다 떨어졌습

니다. 그의 부인은 돈을 벌어 오라고 성화였습니다. 며칠간을 고민하던 경비는 '불이가' 사장 회사를 찾았습니다. 그리고 사정을 이야기했습니다. 그런데 이야기를 듣고 난 사장은

"아니, 내가 앞 회사의 꽃나무를 꺾었단 말이요? 난 그런 일이 없소."

"있습니다. 사장님의 손을 가시가 찔렀을 텐데요?"

술에 취해 모든 것을 잊었던 사장은 손바닥을 펴보았습니다. 거의 다 나았지만, 손에는 가시에 찔린 자국이 정말 몇 군데 있었습니다.

"몇 달 전 친구와 술 먹은 날인 모양일세. 난 술에 취해 가시밭을 잘 못짚은 줄 알았는데 인제 보니 내가 그런 실수를 했었구나."

하더니 앞에 서 있는 경비를 보며

"정말 미안하오. 앉으시오. 내가 차 한 잔 대접하겠소."

그는 차를 대접하고 이내 부사장에게 전화했습니다. 친구인 부사장도 자기 손을 펴고 살펴보니 사실이었습니다.

두 사람은 경비를 자기 회사에 정식 사원으로 취직시켰습니다. 술에 취한 자기들을 이해하고 또 회사까지 해고된 것에 대한 보답이었습니다.

*不二家 : 둘로 나누지 않는다.

아주 특별한 상

고등학교 졸업식이 있는 날입니다. 강당에는 학생들과 학부모들이 빼곡합니다. 순서에 따라 졸업식은 진행되고 사회를 보는 교감 선생님이 우수하거나 열성적인 학생들을 호명하면 단상에 나온 학생들에게 교장 선생님이 상장과 작은 상품을 수여했습니다.

그때 교감 선생님은

"마지막 상으로 봉사상 시상식이 있겠습니다……. 3학년 3반 조기태!"

조기태라 불린 학생이 씩씩하게 일어서 단상으로 걸어 나갔습니다. 그러면서

"선행상으로 조기태 모친이신 강분순 여사님."

강당을 가득 메운 학생들과 학부모들은 이상하다 싶어 주위를 둘러보며 서로 마주 볼 뿐입니다. 학생들 시상에 학부모가 낀다는 것은 누구도 생각하지 못했기 때문입니다. 모두 일어나 단상으로 나가는 사람을 두리번거리며 찾았으나 아무도 나오는 사람이 없었습니다. 그러자

당황한 교감 선생님이 '조기태'를 보며

"아까 어머니 오셨다고 하지 않았니?"

"예, 어머니께서 오셨습니다."

"앞쪽에 계시라고 말씀 안 드렸어?"

"말씀드렸습니다."

교감 선생님은 저 끝을 보며

"강분순 여사님 어디 계십니까?"

장내가 술렁였습니다. 어떤 학부모는 귓속말로 조그맣게

"모자가 치맛바람 일으키며 어지간히 드나들었나 봐. 그러니 상을
받지."

"그게 아니고 학교에 뭘 하나 큰 걸 해 줬겠지."

"모르는 소리, 뭔가 잘 보였을 거야."

"쳇……. 뭔가 일이 있었을 거야."

모두가 수군거릴 때 구석에서 초라한 모습의 한 여인이 일어났습니
다. 그리고 여인은

"선생님, 저는 상 받을 일을 하지 못했는데요."

"무슨 말씀이요. 이리 빨리 오십시오."

모든 선생님이 빨리 오라고 손짓을 할 때 한 선생님이 다가가서 강
분순 여사의 손을 잡아끌어 단상 앞으로 갔습니다. 그렇게 조기태와
강분순 여사는 상장과 상품을 받고 단상을 내려왔습니다.

교장 선생님은 웅성거리는 장내를 둘러보며

"자, 자. 조용히 하십시오."

잠시 후에 장내가 조용해지자 교장 선생님은

"여러분, 좀 의아하시죠? 학생들이 받아야 할 시상식에 학부모님이 상을 받았으니 그럴 겁니다. 방금 상을 받은 조기태와 강분순 여사님은 모자지간입니다. 아들 조기태 군은 한 달에 한 번씩 보육원을 찾아 모르는 아이들의 목욕을 시켜 준 훌륭한 일을 했습니다. 그래서 조기태 학생에게는 봉사상을 줬습니다. 그리고 모친이신 강분순 여사님은 본인이 어려운 형편임에도 3년간 급식비를 못 내 점심을 거르는 학생을 위해 아무도 몰래 급식비를 대납하셨습니다. 이 얼마나 대단한 일입니까? 보잘것없지만 학교장으로서 선행상을 드리게 되었습니다. 여러분, 강분순 여사께 우리 박수를 한번 크게 쳐 줍시다."

그러자 우레와 같은 손뼉 소리가 강당에 넘쳤습니다.

골파와 친구

일요일 아침에 영수는 전화를 받았습니다.

"바람이나 쐬러 가자."

"어디로? 언제?"

"지금."

그래서 영수는 친구가 몰고 온 차에 올라보니 이미 다른 친구가 타고 있기에 셋이서 동해안으로 떠났습니다. 그런데 그 제안을 한 친구에게는 어떤 꿍꿍이속이 있었습니다. 동해안 바닷가에는 그의 농장이 있었고, 그는 고추 심을 자리에 비닐을 깔아야 했기에 혼자는 할 수 없어 일손이 필요했던 것입니다.

바닷가를 둘러본 친구는 농장에 차를 대고 가져온 비닐을 잡아끌어 폈습니다. 두 사람이 비닐을 잡아 저 멀리 끝까지 펴면 영수는 삽으로 흙을 퍼 비닐 위에 군데군데를 덮어야만 했습니다. 그래야 동해안의 거센 바람에 비닐이 날리지 않기 때문입니다.

이렇게 몇 시간을 하자 일은 끝났습니다. 농장주인 친구가 싸 온 밥으로 점심도 먹었습니다. 그런데 일이 끝난 것이 아니었습니다. 식사가 끝나자 주인 친구는 고랑 양쪽에 삽으로 흙을 퍼 깔아 덮기 시작했습니다. 바람이 들어갈 틈이 없게 하기 위함입니다.

친구와 영수는 차가 없어 집으로 가질 못하고 농장주인 친구가 마칠 때만 기다리자니 앉아 있을 수도 없어 일을 거들었습니다. 다행히 삽은 두 개뿐이라 두 사람만이 일했습니다.

영수는 할 일이 없었습니다. 저쪽을 보니 늙은 두 부부가 쪽파를 캐고 있습니다. 무료해진 영수는 슬슬 쪽파밭으로 다가갔습니다.

"어르신, 이 파 팔 겁니까?"

"예."

"한 단 주세요."

파전을 구워 먹으면 아주 맛있을 것만 같아서 파 한 단을 사서 돌아오자 일을 하던 친구가

"네 것만 사 왔니? 내 것도 사 오지."

"어, 그래?"

친구의 말에 아차 싶어 영수는 다시 파밭을 향하며 생각했습니다.

'친구는 둘인데 저 친구 것만 사가면 농장주인 친구는 어쩌지?

그런데 저 녀석 하는 거 보면 일 시키려고 우릴 데려온 거잖아. 그런 친구는 사줄 필요가 없는데.

아니야, 그래도 우리는 친구야.

무슨 소리. 처음부터 일하러 가자 했어야지. 바람 쐬러 가자 하고 일만 시켰잖아. 그러니 저 친구 거는 빼도 돼.

그래도 친구 간에 일 좀 해줬다고 이까짓 파 한 단 때문에 사귀던 친구와 등 돌릴 순 없잖아.

아니야, 하는 것이 괘씸해.

글쎄, 그러면 어쩐다?

어쩌긴 뭘 어째, 입 싹 닦으면 되지. 그래도 걔는 말 못 해.

그래도 우린 몇 년을 서로 사귄 친구잖아. 난 오늘도 그 친구 차를 탔어.'

가슴 속에서 이 생각과 저 생각이 서로 옳다고 부딪치고 있었습니다.

'그래도 두 사람이 일하고 있지만 난 놀고 있으니 한 단씩 사주자.'

이렇게 마음을 정하자 오히려 맘이 편안해지는 것이었습니다.

노 부부에게 다가간 영수는

"어르신, 파 두 단을 더 주세요."

영수는 파 두 단을 사 들고 돌아왔습니다.

"야, 갈 때 이거 집에 하나씩 가져가라."

그러자 일을 돕던 친구는 당연하다는 듯

"알았다."

했으나 농장주인인 친구는

"내가 사줘야 하는데 미안하게 네가 샀구나. 잘 먹을게."

이렇게 일이 끝나자 세 사람은 농장주인의 차를 타고 각자의 집으로 돌아갔습니다.

영수가 집으로 돌아와 파전을 구워 먹을 때였습니다. 농장주인 친구가 검은 봉지를 가지고 들어왔습니다. 그가 내민 그 봉지 속에는 구운 파전과 밀감 여러 알이 들어있었습니다.

만 원의 행복

오늘은 바람이 세게 붑니다. 날도 흐리고 바람까지 부니 겨울날은 더욱더 춥습니다. 아가씨는 꽃 가게를 운영합니다. 아침에 출근해 가게 문을 열고 난로의 불을 붙였습니다. 난로에서 퍼지는 온기가 온몸을 데웠습니다.

잠시 후 아가씨는 가게 뒤로 돌아갔습니다. 그곳에는 오늘 배달된 꽃이 놓여있습니다. 조그만 꽃 한 아름을 들고 돌아온 아가씨는 분류하여 정리했습니다.

얼마 전 졸업식이 끝나고 지금은 꽃이 잘 팔리지 않습니다. 입학식 때까지 기다려야 할 것입니다. 그래도 가게의 문을 닫을 수는 없습니다. 잘되는 날이 있으면 안 되는 날도 있다고 믿으며 그래도 구색을 갖추려고 날마다 꽃을 받아 정리하고 손님을 기다립니다.

바람이 부는 데다 햇볕도 없는 을씨년스런 날입니다. 시계는 어느덧 11시를 넘겼습니다. 손님이 하나도 없었지만 잠시 후에는 점심으로 무엇이든 먹어야 합니다.

그때입니다. 문을 열고 빼꼼히 고개를 디밀어 안을 살피던 얼굴이
가게 안으로 들어섰습니다. 척 보니 그는 한국 사람이 아니었습니다.
얼마나 추위에 떨었든지 거무스름해야 할 얼굴이 하얀 했습니다.

아가씨가 멍하니 쳐다보자 남자가 말했습니다.

"추워요. 배고파요."

아가씨가 쳐다보니 들어온 사람은 동남아인으로 그곳 날씨와 달리
몹시 추운 듯 몸을 잔뜩 오그리고 있었습니다. 아가씨 눈에는 너무 힘
들어하는 남자의 모습이 보였습니다. 입고 있는 옷도 추위를 막기에는
얇았습니다. 껴입을 옷이 있나를 생각하던 아가씨는 꽃을 손질할 때
입던 작업복 잠바가 떠올랐습니다.

"잠시 기다려요."

아가씨는 저쪽 벽에 걸린 잠바를 내려 이 남자에게 입혔습니다. 그
리고 주머니에서 만 원짜리 한 장을 꺼냈습니다. 아가씨의 지갑에는
4만 4천 원이 있었습니다. 그중 3만 원은 아침에 받은 꽃값을 내야
하고 1만 4천 원으로 점심밥 값과 돌아갈 버스비를 써야만 하는 돈입
니다. 하지만 만원을 남자의 손에 쥐여주었습니다. 남자는 어눌한 말
투로

"고맙습니다. 정말 고맙습니다."

하더니 손을 비비며 나갔습니다.

그날 아가씨는 손님이 없어 꽃을 하나도 못 팔고 오후에 일을 마쳤
습니다.

다음날입니다.

아가씨가 문을 열고 어제 그때쯤 가게 정리를 끝냈을 때입니다. 밖이 소란스러워지더니 어제의 그 남자와 그의 친구들이 가게에 들어섰습니다. 아가씨를 가리키며 저희 말로 뭐라고 떠들던 그 남자가 손에 든 상자를 내밀었습니다. 그것은 음료수가 들은 선물용 상자였습니다.

"아니, 저는 이런 거 필요 없어요. 도로 가져가 나눠 드세요."

우리말을 제대로 못 하는 그는 막무가내로 자꾸만 상자를 들이밀며 "고맙습니다."만 외쳤습니다. 어쩔 수 없이 음료 상자를 받자 이번에는 주머니에서 1만 원을 꺼내 아가씨의 손에 쥐여줬습니다.

"이 돈을 받으려고 한 짓이 아녜요."

한사코 뿌리쳐도 그는 계속 아가씨 손에 돈을 쥐여주며

"고맙습니다"

만 외쳐댔습니다.

잠 깨우는 소리

차량이 많이 돌아가는 로터리가 있습니다. 이 로터리는 크진 않지만, 매우 많은 차가 날마다 진입하여 돌다 빠져나갔습니다. 그래서 항상 시끄러운 차 소리가 끊이질 않았습니다.

차들이 도는 곳의 밖에는 화단이 둥글게 로터리를 감싸 펼쳐져 있고 그 밖으로는 인도가 있으며, 인도 밖은 많은 집과 상가, 아파트가 로터리를 바라보며 서 있습니다. 그곳 집이나 상가에 사는 사람들은 차 소리나 경음기 소리에 둔해져 어지간한 소리에도 무덤덤하게 생활하며 살아갑니다.

이곳 로터리의 차량이 달리는 곳에는 전신주 맨홀, 상하수도, 전기구나 가스구가 있고 땅속에는 온갖 선이나 파이프가 이리저리 지납니다. 그래서 비가 많이 내리거나 장마철이 되면 맨홀 뚜껑을 열고 그 속의 물을 퍼낸 후에 사람이 속으로 들어가 수리하는 것을 자주 볼 수 있습니다.

어느 날입니다. 한 아파트 고층에 사는 주민이 한밤에 자다가 잠이 깼습니다. 그것은 차량이 지날 때마다 '덜커덩' 하는 소리 때문입니다. 소리는 한번 나고 마는 게 아니고 차량이 지나며 밟을 때마다 '덜커덩' 소리를 냈습니다. 이 소리는 높은 층에 오를수록 공명현상 때문에 더욱 크게 들렸습니다.

잠을 설친 주민은 다음날 반상 회부를 펼쳐보며 옆집 몇 명의 남자들에게 전화를 걸었습니다.

"엊저녁에 덜커덩거리는 소리 때문에 잠을 못 잤는데 형씨는 어땠소?"

물어보니 모두 그 소리를 들었다는 것입니다. 하지만 귀찮고 번거로워 아무도 나서질 않은 것입니다.

"그러면 우리가 나가 소리 안 나게 고칩시다."

몇 사람이 나가서 살펴보니 사각의 쇠뚜껑에서 나는 소리였습니다.

한 사람은 자기 차 안에서 삼각형의 차량 고장표시판을, 다른 사람은 손전등을 들었습니다. 쓰레기 분리장에 간 사람들은 못 신는 낡은 운동화 밑창을 몇 조각이나 만들고 모두 로터리에 들어섰습니다.

저만치에 삼각 표시 대를 놓고 손전등을 흔들어 차들이 비껴가게 했습니다. 그리고 두 사람은 맨홀 뚜껑을 들고 신발 자른 조각을 모서리와 맞닿는 부분에 끼워 넣었습니다. 그리고 철수했습니다.

그러자 맨홀 뚜껑에서는 더는 아무 소리도 나지 않았습니다. 아파트 주민들은 다시 편안히 잠자리에 들 수 있었습니다.

지팡이 소리

큰길을 급하게 달리는 차가 한 대 있습니다. 이 차에는 지금 급하게 배달해야 하는 물건이 실려있습니다. 그런데 좌회전을 해야 목적지를 갈 수 있으나 이 사거리에서는 좌회전이 되질 않습니다. 할 수 없이 지나쳐 우측골목으로 들어가 다시 우회전하고 직진을 해야만 아까의 목적지 방향으로 갈 수 있습니다.

그래서 차량은 좌회전할 곳을 지나쳐 우측골목으로 들어섰습니다. 그런데 이 차가 우측골목에 들어서자 이미 앞에는 차량 두 대가 천천히 가고 있습니다.

'아니, 이 차들이 돌았나? 왜 이리 천천히 가는 거야?'

빨리 가자고 경음기를 울리려고 손을 들었던 운전기사는 왜 그런지 알고 싶어 슬그머니 손을 내렸습니다. 그래서 자기도 거북이처럼 엉금엉금 앞차를 따라 차를 몰며 앞을 보려고 고개를 이리저리 움직이며 전방을 살폈습니다.

계기판의 속도계는 1에서 0을 까딱이며 움직입니다.

'이상하다. 차 한 대는 충분히 다닐 수 있는 골목인데 왜들 이리 천천히 가나?'

그러다가 골목이 갈라지고 앞차들이 속도를 내며 우회전을 했습니다. 이 운전기사도 액셀러레이터를 밟고 앞차를 따라 우회전을 하며 갈라지는 골목을 쳐다봤습니다. 그곳에는 허리가 90도로 꼬부라진 영감님이 지팡이를 짚고 길 가운데를 따라 걷고 있었습니다.

"따각! 다각!"

지팡이 소리가 '따각' 하고 한 번 울릴 때마다 한 걸음씩을 떼며 걷는

노인의 얼굴은 검버섯이 여기저기 피어있었고 땀이 범벅이었습니다. 또 지팡이를 잡은 손은 주름투성이에 땅바닥을 찍을 때마다 흔들흔들 떨고 있었습니다.

순간 운전기사는 경음기를 울리지 않길 잘했다고 생각했습니다. 또 영감님이 저쪽 골목으로 갈 때까지 기다리며 따라준 두 대의 앞 차량 운전기사가 존경스러워졌습니다.

아이와 감자 칩

엄마가 없는 아이가 있었습니다. 아이는 아빠와 누나, 이렇게 셋이서 조그마한 영세민 아파트에서 살고 있습니다. 아이는 엄마의 얼굴도 모릅니다. 아빠는 엄마 이야기를 하지 않았고 누나도 잘 기억이 나지 않았지만, 매우 예뻤답니다.

아이는 아빠에게 하루에 천 원씩 용돈을 받습니다. 아빠는 아침밥을 해놓고 돈 3천 원을 식탁 위에 두고 출근합니다. 그러면 누나와 같이 밥 먹고 학교 갈 때 누나는 2천 원, 아이는 천원을 가지고 갑니다.

아이는 감자 칩을 무척 좋아합니다. 천원으로 감자 칩을 사면 딱 맞습니다. 그러나 먹기 시작하면 얼마 지나지 않아 빈 봉지가 되고 맙니다.

이 아이에게는 나쁜 버릇이 있습니다. 그것은 마트에 과자를 사러 가면 몰래 한 봉지를 더 가져오는 버릇입니다.

아이는 매우 더우면 티셔츠를 입지만 덥지 않으면 주머니가 많은 옷을 입었습니다. 그리고 가끔은 감자 칩 한 봉지를 사고 다른 한 봉지를 윗옷 안 주머니나 옷 속의 배 부분에 몰래 넣어서 가져오곤 했습니다.

그런데 이 사실을 이 마트의 주인은 알고 있었습니다. 그래도 주인은 내색하지 않았습니다. 아이가 처음에는 이리저리 과자 봉지를 숨겨 오는데 긴장을 했지만, 나중에는 무의식적으로 '쓱' 집어넣고 나왔습니다. 값은 한 봉짓값만 계산했습니다. 나중에는 과자 봉지가 조금 보여도 당당하게 나갔고 주인은 알면서도 모르는 척하였습니다.

어느 날입니다. 그날도 과자 한 봉지를 사고 다른 한 봉지를 숨긴 채 집으로 향했습니다. 아이가 우물우물 감자 칩 한 봉지를 뜯어 먹으며 아파트 계단을 오를 때입니다. 몰래 뒤따라온 마트 아저씨가 감자 칩 한 상자를 양손에 받쳐 들고 아이를 따라 오르는 겁니다. 그때까지 아이는 뒤따르는 사람이 있는 줄 몰랐습니다. 아이가 현관문을 열고 들어가자 뒤따라온 아저씨도 따라 들어섰습니다. 아이는 깜짝 놀라 당황했습니다.

아저씨는 상자를 입구에 내려놓으며

"너 감자 칩 좋아하지? 아저씨가 말이야, 너 주려고 가져왔거든. 그러니 많이 먹거라. 네 오른쪽 주머니에 들어 있는 것도 공짜로 그냥 주마."

아이는 깜짝 놀라 얼른 오른손으로 오른쪽 주머니 입구를 가렸습니다. 아저씨가 모르는 줄 알았는데 알고 있다니 큰일입니다. 누나도 학교에서 곧 돌아올 것이고 아빠가 알면 무슨 날벼락이 떨어질지 몰라 안절부절못하는데 아저씨가 말했습니다.

"아저씨가 말이야. 어려서 학교 다닐 때 말이야. 포장마차 손수레에서 어묵을 훔쳐 먹었거든. 네 개를 먹고 어묵에 꽂힌 대나무 한 개를 손수레 바퀴 근처에 슬쩍 버렸어. 상 위에는 대나무가 세 개밖에 없으니 난 세 개 값만 계산했단 말이야. 한 개를 몰래 먹은 셈이지만 주인 아저씨는 호떡을 만드느라고 정신없어 몰랐었단다."

여기까지 이야기한 아저씨는

"잠깐 앉아야겠다."

하며 거실 문턱에 앉았습니다. 아이는 두려웠고 누나가 오기 전에 마트 아저씨가 빨리 갔으면 하고 초조해졌습니다. 그러나 마트 아저씨는 이야기를 계속해 나갔습니다.

"그러던 어느 날 말이야. 그날도 네 개를 먹고 세 개 값을 계산하고 나오는데 등 뒤에서 아저씨가 '거 참 이상하지. 어째서 꼬지 대나무가 바퀴 쪽에 떨어져 있는지 모르겠어.' 하는 말이 들리는 거야. 분명 나에게 들으라고 일부러 하는 소리가 분명했단 말이야. 비록 아저씨가 리어카에서 어묵을 팔고 호떡을 굽고 계셔도 내가 먹는 개수를 다 헤아리고 있었던 거야. 그리고 꼬지 대나무도 내가 버린다는 걸 이미 다 알았던 거야.

난 뒤돌아 아저씨에게 다가갔어. '아저씨, 죄송해요. 알고 계시며 야단치지 않으셨네요. 미안합니다. 다시는 이렇게 하지 않겠습니다.' 하고 빌었단 말이야. 그러자 아저씨는 '돈은 없고 배가 고파서 그랬겠지. 괜찮아. 다음부터 그러지 말아라.' 하며 용서해 주셨어. 다음부터 나는 그 포장 리어커에 가면 어묵을 세 개만 건져다 내 앞에 놓고 먹었지. 그리고 세 개 값만 줬어. 그러면 아저씨는 언제나 '배고픈데 하나 더 먹으렴.' 하시며 한 개를 내 손에 들려주셨단 말이야. 그 한 개가 얼마나 맛있었는지……. 정말 맛있었어. 그렇게 1년이 지난 어느 날부터 그 호떡집이 없어졌어. 아저씨가 아파서 일을 못 하신 거란 말이야. 그 아저씨가 돌아가셨단 말을 듣고 난 눈에서 눈물까지 나왔었단다."

하더니 마트 아저씨는 옛날이 생각나는 듯 잠시 멍하니 초점 잃은 눈을 하고 있다가

"너도 이제 한 개씩만 사 가거라. 지금까지의 일은 내가 아무에게도 말하지 않고 너와 나만 아는 비밀로 간직하마. 알았지?"

아이는 이제야 마트 아저씨의 이야기가 끝나고 용서해 준다는 말이 나오자 정말 고마워져

"아저씨, 제가 잘못했어요. 용서해 주시면 다신 안 그럴게요."

"응, 그래! 그럼 알았다. 네가 다시 안 그런다면 나도 됐다."

그때 현관문이 열리며 누나가 들어왔습니다. 누나는 얼굴이 노래진 아이와 마트 아저씨 그리고 감자 칩 과자 상자를 보며

"마트 아저씨, 무슨 일이세요?"

그러자 아저씨는 별일 아니라는 듯 아이와 과자 상자를 가리키며

"이 아이가 과자를 매우 좋아하더라. 그래서 마침 홍보용 감자 칩이 나와서 아이에게 선물로 주는 것이란다."

하였다. 그러면서

"이만 가봐야겠다. 잘들 있으렴."

하고 마트 아저씨는 고개를 돌려 아이에게 눈을 한번 찡긋하더니 현관문을 열고 나갔습니다.

닭울음 소리

도로변 3층 빌딩의 주인이 바뀌었습니다. 이 주인은 1, 2층에 세를 주고 자기는 3층에서 살았습니다. 이사 온 다음 날 주인은 근처에 사는 사람들이나 상가 주인들에게 떡을 돌리며 자기를 소개했습니다. 그리고 그날 새벽부터 주인은 집 앞은 물론이고 양쪽 다른 집 앞까지 도로를 청소했습니다. 대상물은 담배꽁초나 휴지, 캔 깡통에서 플라스틱 커피 용기 같은 것들로 다양했습니다. 아침이면 근처 거리의 바닥은 쓰레기 한 점 없는 깨끗한 거리가 되었습니다. 그러자 대부분 근처 사람은 그를 무척이나 좋게 보게 되었습니다.

새벽 세 시경이면 도로에 차도 다니지 않고 거리는 조용합니다. 그런데 난데없이 닭 우는 소리가 들렸습니다. 사람들이 한참 단잠에 빠져 있다가 닭 울음소리 때문에 모두가 잠을 깼습니다. 불만이었으나 참고 뒤척이다 다시 잠이 들면 또 닭 우는 소리가 나서 잠든 사람들을 깨우는 것입니다. 닭이 두 번째 홰를 치는 것입니다.

근처 사방에 사는 사람들은 대부분 잠을 깨우는 것이 불만이었습니다. 몇 사람이 수소문하고 알아보니 그 닭울음 소리는 3층 빌딩 옥상에서 나는 소리였습니다.

어느 날 아침입니다. 빌딩 주인이 도로를 청소할 때 근처 사는 사람 몇이 빌딩 주인을 만났습니다.

"옥상에 닭을 키우십니까?"

"예."

"그 닭이 새벽에 우는 소리 때문에 사람들 잠이 깹니다. 어찌 조용히 하는 다른 방법이 없을까요?"

"글쎄요. 안 키울 수도 없고."

"몇 마린가요?"

"단 한 마립니다."

"아. 그래요? 그럼 저희한테 파십시오. 잡아먹어 버립시다."

"예? 안돼요. 그 닭은 못 팔고 못 죽입니다. 왜냐하면, 제 유산이기 때문입니다. 실은 제가 5년 전 시골에서 도시로 나올 때 어머님이 닭의 목만 내놓게 하여 보자기로 싸주신 닭입니다."

모인 사람들은 그까짓 닭이 무슨 유산일까 궁금해하며 빌딩 주인의 다음 말을 기다렸습니다.

"어머님의 주신 유산인데 어찌 잡아먹을 수 있겠습니까?"

"그렇다면 우리가 그 닭은 처리하고 대신 울지 않는 병아리를 사드릴 테니 키우면 되잖아요. 아니면 울시 않는 암탉도 있잖아요."

"그건 그렇지만 제게는 사연이 있습니다. 제가 시골에서 나올 때 탄 열차가 야간열차였습니다. 열차가 목적지에 도착하려면 아직 멀었기에 모두 기대어 잠이 들었거나 졸고 있었습니다. 그때가 새벽인데 저 닭이 기차 안에서 울어댔습니다, 그러자 꾸벅꾸벅 졸던 열차 안의 승객들이 모두 잠에서 깼습니다. 그런데 그때 마침 소매치기가 조는 승객의 호주머니에서 돈을 꺼내고 있었어요. 하지만 닭 우는 소리에 잠이 깬 승객에게 소매치기가 잡혔지 뭡니까. 그 승객이 이 닭을 보고 얼마나 고마워하며 칭찬하던지……. 이 닭을 잘 키우라고 돈까지 주고 갔습니다. 그런 닭을 어떻게 죽이겠어요. 미안하지만 참아주실 수는 없는지요? 이 닭 수명이 이제 얼마 남지 않았을 겁니다.”

그러면서 빌딩 주인은 거리 바닥을 보며 빗자루질을 했습니다. 청소하는 빌딩 주인을 보며 모두 고개를 끄덕였습니다. 그리고 날마다 청소 봉사하는 빌딩 주인을 이해하며 그들은 각자의 집으로 돌아갔습니다.

김 서방

어느 바닷가 가난한 동네에 김 서방이라는 남자가 살고 있었습니다. 그는 홀어머니와 단둘이 살지만, 누구든지 도와달라면 항상 달려가 남을 도왔습니다. 험한 일을 동네의 누가 원해도 해주는 착한 사람이었지만 너무 가난하여 장가를 들지 못했습니다.

김 서방은 열심히 일했습니다. 일하다 목이 마르면 바닷가 바위에 붙어있는 검은 해초를 뜯어 그릇에 넣고 간장을 타서 '후루룩' 마셨습니다. 그러면 목마른 것도 가시고 그런대로 배도 든든해졌습니다. 그 동네 사람들 모두가 목마르면 그렇게 마셨습니다.

어느 더운 여름날, 해초를 뜯어와 물에 말아 양념을 가미해 '후루룩' 마시다 보니 밭에서 일하시는 어머니가 생각났습니다. 그래서 김 서방은 마시던 해초 물그릇을 그대로 놔두고 밭으로 달려갔습니다. 어머니는 그 더운 밭에서 쪼그리고 앉아 풀을 뽑고 계셨습니다.

"어머니, 더운데 그만하시고 들어가세요. 제가 할게요."

"아니야. 하던 일이니 마저 하고 갈련다."

그리고 어머니는 계속 일을 하는 것입니다. 할 수 없이 김 서방도 대들어 같이 일하여 어두워질 때쯤에야 집으로 돌아왔습니다. 집에 돌아온 김 서방은 아까 마시던 해초 물을 마시려고 보니 물은 말라 없고 해초만 그릇 바닥에 까맣게 말라붙어 있었습니다. 다시 만들어 먹으려고 일어서던 김 서방이 까맣게 굳은 해초를 떼어내 입에 넣고 우물거렸습니다. 어, 그런데 양념에 배인 그 마른 해초가 너무 맛이 좋았습니다.

　그때부터 김 서방은 바다에서 해초를 따오면 말리기 시작했습니다. 그리고 밥 먹을 때마다 양념간장이나 소금에 마른 해초를 찍어 먹게 되었습니다. 마음씨 좋은 김 서방은 동네 사람 누구든 해초를 말려 먹으면 더 맛있다고 알려 주었습니다. 동네 사람들이 해보니 그냥 먹을 때보다 맛도 좋았고 저장을 하여 두고두고 먹을 수 있었습니다. 그렇게 동네 사람들은 바닷가에서 해초를 따와 말려 먹게 되었습니다.

　"야! 맛있네. 이거 이름이 뭐예요?"

　"몰라요, 김 서방이 이렇게 하는 걸 가르쳐 줬어요."

　그래서 근처 고을 사람들은 모두 김 서방을 찾아가 만드는 법을 배웠습니다. 점점 김 서방은 바닷가 고을에 널리 알려졌고 '김 서방'이 만든 것이라 하여 '서방'을 빼고 '김'이라 불렀습니다. 그때부터 말려 먹거나 구워 먹는 '김'이라는 것이 생겼답니다.

졸업선물

어느 시골 산촌의 초등학교 선생님이 몇 명 안되는 고학년 아이들에게 물었습니다.

"1번은 자기가 제일 좋아하는 동물 이름. 2번은 두 번째로 좋아하는 동물 이름을 적어 내 보세요."

그렇게 선생님이 조사를 해보니 아이들이 젤 좋아하는 동물은 토끼이고, 두 번째는 강아지였습니다. 여학생들은 토끼, 남학생들은 강아지였지만 다수결을 따를 수밖에 없었습니다. 사실 토끼는 시골에서, 숲길에서 자주 볼 수 있는 짐승이지만 얼마나 날랜지 자세히 본 아이들은 드물었습니다.

"좋아, 그럼 토끼를 키울 텐데 먹이는 너희들이 줘야 해. 대체 어떻게 줄 건지 말해 봐."

이런저런 이야기가 나왔지만 모두 믿음성이 없었습니다. 생각다 못한 선생님이

"그날 당번 두 사람이 먹이를 한 주먹씩만 가져다주면 될 거야."

사료가 없던 시절이니 누군가는 책임을 져야 했습니다. 전교생을 모두 합쳐 40여 명인데 4, 5, 6학년들만 먹이 담당을 주니 한 달에 약 두 번 정도로 배정되었습니다.

토끼장이 운동장 한구석에 만들어졌습니다. 바닥은 시멘트로 바르고, 위에는 비를 피하게 지붕을 했습니다. 둘레에 철망을 치며 시멘트 바닥 옆으로 땅을 파 철망을 묻었습니다.

토끼 한 쌍이 들어왔습니다. 토끼는 아이들의 관심을 끌고 아이들이 그리는 그림의 소재가 되었습니다.

학생들이 칡잎이나 배춧잎을 한 움큼씩 가져다주니 토끼는 무럭무럭 잘 자랐습니다. 아이들이 좋아하는 것처럼 토끼도 아이들이 나타나면 문에 서서 입을 오물거렸습니다. 그러자 당번이 아닌 아이들도 등굣길에 길가의 칡잎을 따와 넣어주곤 했습니다.

그런데 문제가 생겼습니다. 아이들이 토끼 먹이를 가져가기 귀찮으니 항상 학교 근처에서 칡잎을 땄습니다. 그러자 등굣길에는 칡잎이 많아도 학교 근처에는 칡잎이 점차 없어졌습니다. 아이들은 더 높은 곳에서 따오거나 아니면

"깜박 잊었습니다."

하고 토끼를 굶기기도 했습니다. 집 근처에서 구해오면 되지만 아이들은 귀찮아져 "잊었다."라며 토끼 굶기기를 자주 했습니다. 그러자 선생님은 고구마를 한 자루 구해와 굶는 토끼에게 한두 개씩 먹이로 주었습니다.

그렇게 가을이 가고 겨울이 왔습니다. 그동안 토끼는 새끼를 여섯

마리나 낳아 토끼장 바닥 전체가 꿈틀거리는 것만 같았습니다. 이제는 먹이도 전보다 훨씬 더 많이 필요했습니다. 하지만 이 겨울은 온 세상이 하얀데 어디서든 쉽게 먹이를 구할 수 없었습니다. 아이들은 부모님께 토끼 먹이로 고구마나 무를 얻어와야 했습니다. 그러자 학부모 중에는 얼굴을 찡그리거나 싫어하는 사람도 생겼습니다.

그해 6학년 다섯 명이 졸업할 때였습니다. 아이들은 모두 손에 졸업장을 들고 교문을 나섰습니다. 그런데 세 명의 아이가 다른 한 손에 철사 통을 들고 집으로 돌아가는 겁니다. 그 통 속에는 토끼가 한 쌍씩 들어 있었습니다. 물론 부모의 허락을 받은 아이만 가져갔습니다.

겨울이 가고 봄이 왔습니다. 산천이 푸르고 날이 더울 때 토끼장에서 토끼가 또 새끼를 낳았습니다. 그런데 어느 날, 토끼 새끼들이 모두 없어졌습니다. 선생님이 문을 열어 새끼 토끼를 나가게 한 것입니다. 운동장을 지나면 산과 물이 있습니다. 이제 토끼는 스스로 먹이를 찾아 세상을 살아갈 것입니다.

그렇게 몇 달이 지나자 어미 토끼는 또 새끼를 낳았습니다. 이 새끼들은 졸업식 날 졸업생들에게 다시 분양될 것입니다.

부모님과 통닭

한여름 위병소 면회 장소에서 훈련 5개월 일등병은 부모님을 만났습니다. 부모님은 아들에게 먹이려고 싸 온 음식을 이것저것 풀었습니다. 떡은 내무반 전우들에게 보내졌고, 아들에게는 통닭을 먹였습니다.

"어머니, 이 먼 곳까지 뭐하러 오셨어요. 휴가 떨어지면 제가 갈 텐데요."

"아들아, 그래도 네가 보고 싶었다. 네가 좋아하는 튀긴 통닭이다. 다 먹거라."

"동생들은 다 잘 있지요?"

"그래, 동생들 걱정 말고 너나 조심해라."

배불리 먹고 어두워지자 부모님은 근처의 여관으로 가셨고, 아들은 내일 아침에 다시 오실 부모님을 기다렸습니다. 그런데 그날 밤 일등병 아들은 밤새껏 설사를 했습니다. 생각해 보니 이 더운 여름날 멀고 먼 고향에서 튀겨온 통닭 때문이었습니다. 밤새 잠도 제대로 못 잤지만, 다음날 씩씩하게 부모님께 경례했습니다. 아들의 속은 아직도 '부글부글' 설사가 나오지만 헤어지는 부모님이 보이지 않을 때까지 늠름하게 서 있었습니다. 어제 새벽에 출발해 오셨지만, 오늘 일찍 내려가야 밤중에 집에 도착할 것입니다.

부모님이 보이지 않자 아들은 '엉엉' 소리 내 울었습니다. 그러자 선임병이 물었습니다.

"김 일병, 왜 울어. 부모님이 다녀가신 기쁜 날인데."

그러자 아들이 말했습니다.

"저의 고향에서 이곳을 오려면 새벽에 선외기(작은 배)를 타고 큰 섬까지 와야 합니다. 거기서 여객선을 타고 읍에 도착하여 고속버스터미널 가는 차를 타야 하고 터미널에서 고속버스로 서울까지 오셔야 합니다. 서울에서는 춘천 가는 버스를 타고 다시 여기까지 와서는 읍에 가는 차 타고 가다 마을버스를 갈아타야 하는데 배 두 번에 차를 다섯 번 타야 합니다. 그 몸으로 고향에서 새벽에 출발해도 저녁에야 이곳에 도착합니다. 그리고 아침에 가셨지만 늦어 읍에서 주무시고 낼 아침이 돼야 집에 도착할 겁니다. 집에는 키우는 돼지와 개밥 때문에 어디로 여행도 못 가십니다.

그런 부모님을 생각하니 눈물이 납니다. 사실 저의 어머니는 청각장애인이고, 아버지는 소아마비로 다리를 접니다. 그 몸으로 엊저녁 나절에 도착해 오늘 아침, 지금 가셔도 밤이 지나도 집에 도착 못 할 텐데 못 오셔야 할 분들이 이렇게 찾아오셨으니 어찌 배탈이 났다고 어리광을 부리겠습니까?"

"응, 그랬었구나. 집안이 그런 사정이면 어찌 입대했지?"

"제가 대학 졸업 후 회사에 다니다 입대했고, 동생이 회사에 다니고 있으며, 막내가 대학에 입학한 상태입니다. 그러니 입대하지 않을 수 없지요.

부모님이 장애를 무릅쓰고 고기를 잡으며 2남 1녀를 반듯하게 키우셨습니다. 그러자니 좋은 옷 한 벌 입으신 걸 이제껏 저는 보질 못했습니다. 항상 비린내 나는 옷을 입고 우리를 보면 웃으셨습니다."

우는 병사의 손을 선임병이 잡았는데 손은 온통 눈물범벅이었습니다.

"그랬었구나. 들어가자. 부모님은 오신 대로 그렇게 잘 가실 거야."

3부

황금 돼지

도깨비와 미화원

어느 나라에 거리를 청소하는 미화원이 살았습니다. 미화원 아저씨는 다른 사람이 다 자는 이른 새벽에 홀로 일어나 거리의 지저분한 쓰레기를 치웠습니다. 이 아저씨는 일찍 일어나는 일이 죽기보다 싫었지만 가난한 살림살이에 나라에서 주는 월급이 없으면 가족과 먹고살 수가 없어 어쩔 수 없이 매일 일을 나서야 했습니다.

아저씨의 쉬는 날은 비가 오는 날이나 바람이 세게 부는 날뿐입니다. 비가 오면 비를 맞고 일을 할 수 없고 바람이 세게 부는 날이면 쓰레기나 먼지가 바람에 어디론가 모두 날아갔기에 청소할 일이 없어졌습니다.

그날도 미화원 아저씨는 어두운 새벽에 거리를 쓸고 있었습니다. 거리에는 높고 아름다운 빌딩들이 줄지어 서 있습니다. 근처를 청소하며 부러운 마음에 푸념하기를

'나는 왜 이렇게 열심히 일해도 앞에 서 있는 저런 높고 멋진 집에서 살지 못하고 하천가 조그만 집에서 살아야만 하나?'

이런 탄식을 하며 바닥을 쓸 때입니다. 마침 근처를 날아가던 도깨비가 이 아저씨의 한탄하는 소리를 듣고는 아저씨를 놀려주고 싶어서

"이 사람아, 일하지 않고 월급을 받게 해 줄까?"

하고 미화원 아저씨에게 물었습니다.

"어떻게 그런 일을 할 수 있나요?"

궁금해진 미화원 아저씨가 묻자 도깨비는

"그거야 쉽지. 매일 바람이 세게 불고 비를 오게 하면 될 것 아닌가?"

"그거 좋은 생각이요. 그렇게 해 주시오."

미화원 아저씨가 좋아라 대답하자 도깨비는 무어라고 주절주절 주문을 외우며 사라졌습니다. 그러자 갑자기 하늘에 먹구름이 가득해지더니 소나기가 쏟아지며 바람이 불기 시작했습니다. 미화원 아저씨는 기분 좋게 웃으며 집으로 돌아갔습니다. 그리고 편안히 누어서 TV를 보다 잠이 들었습니다.

하루가 지난 이후에도 소나기와 바람은 계속되었습니다. 미화원 아저씨는 그날도 느긋하게 하루를 보냈고 밥 먹기도 귀찮아 라면을 먹고 또 누워 잤습니다. 그렇게 삼 일째 되는 날에도 비는 쉼 없이 줄기차게 내리고 바람은 더욱 거세졌습니다. 미화원 아저씨는 심심했지만, 방에만 계속 누워있는데 갑자기 가족들이 뛰어 들어오며 외쳤습니다.

"물, 물, 물이 들어와요."

미화원 아저씨는 벌떡 일어나 작은 방으로 가보니 방바닥은 이미 흙탕물에 잠겼고, 이 물은 자기가 누워있던 큰방으로도 밀려들고 있었습

니다.

"이를 어쩐담. 얘들아, 빨리 물을 퍼내라."

하는 말이 끝나기도 전에 '우지끈'하며 불어온 힘센 바람에 앞, 뒤 창문이 날아갔습니다. 창문이 있던 빈 곳으로 비바람이 몰아쳐 들어왔습니다. 흙탕물은 금세 방안에 차올랐습니다. 창문 밖을 보니 조금 낮은 곳의 하천가 집들은 지붕만 보일 뿐입니다.

"안 되겠다. 얘들아, 어서 윗동네로 피하자."

대강 옷을 입고 나왔지만, 옷도 금세 다 젖었습니다. 하루만 더 거센 비바람이 친다면 자기 집도 수몰될 것 같았습니다. 그제야 미화원 아저씨는 사태를 깨닫고 신께 빌었습니다.

"신이시여, 제발 비바람을 멈추어 주소서. 그러면 앞으로 열심히 제 일만 하겠습니다."

그러자 하늘에서 도깨비의 비웃는 소리가 들리더니 바람을 타고 도깨비가 내렸습니다.

"흥, 네 편한 대로만 하는 놈아. 이제 네 할 일이 무엇인지 알겠느냐?"

"예, 잘 알겠습니다."

"그럼 불평 없이 잘할 수 있겠느냐?"

"예, 불평 없이 열심히 일만 하겠습니다."

"어디 그렇다면 한번 믿어볼까."

하더니 주문을 외워 비바람을 그치게 하였습니다.

비가 그치고 햇볕이 나자 미화원 아저씨의 일은 밤낮없이 계속되었습니다. 집들이 내려앉은 곳은 폐자재를 모두 치워야 하고, 막힌 하수도를 모두 뚫어야 했으며, 집마다 내놓은 젖은 쓰레기는 치워도 치워도 계속 나왔습니다. 또 자기 집도 많은 돈을 들여야만 지붕과 창문을 고칠 수 있었습니다.

그뿐이 아닙니다. 더 큰 일은 월급이 언제 나올지 모르는 겁니다. 비바람에 과일이 떨어지고 채소가 찢겨 나갔고, 벼는 모두 넘어졌습니다. 물건을 만들어 쌓아놓은 창고도 내려앉거나 물에 잠겨 물건을 모두 버려야 했습니다. 바닷가에 매어놓은 배들과 주차한 차들도 허다하게 침몰했거나 떠내려갔습니다.

모두 시름에 빠지자 나라에서는 재난지역을 선포하여 그들의 세금을 감면했습니다. 세금을 얼마 못 걷어 돈이 적어지자 나라를 위해 일하는 사람들의 월급은 무한정 뒤로 미루어졌습니다. 미화원 아저씨의 월급도 언제 나올지 모릅니다.

그 후로 미화원 아저씨는 불평 없이 매일 열심히 일하는 사람이 되었습니다.

추운 날

한 사내가 길을 나섰습니다. 날은 한겨울이라서 매우 추운 것이 바람도 세게 불고 물이 고인 곳은 모두 얼음이 얼었습니다. 그래도 아르바이트를 하는 아이를 데려오기 위해 길을 가야만 했습니다. 얼마나 추운지 몸을 잔뜩 오그리고 목장갑 낀 두 손을 점퍼 주머니에 넣었어도 계속 떨렸습니다. 이렇게 추운 날 아르바이트하는 어린 자식은 힘들 거라는 근심에 부지런히 걸었습니다.

이 사내의 집에는 부인이 아파 누워있습니다. 제대로 움직이지 못하는 부인의 병시중을 이 사내가 해야 했기에 아이가 20분 정도 떨어진 그곳에서 아르바이트를 하는 것입니다. 그것이 안쓰러워 이 사내는 떠나기 전에 부인에게

"애 데리고 오는 데 1시간 걸려요. 내가 올 때까지 기다릴 수 있지요?"

"으, 으응."

대답한 이 사내의 부인은 정신은 말짱하나 몸이 말을 듣지 않고 말

표현을 제대로 못 하여 항상 누가 붙어 있어야만 했습니다. 시에서 도우미가 1주일에 한 번씩 와서 반찬도 나눠 주고 목욕 같은 서비스를 해줘도, 가고 나면 누군가는 곁에서 있어야만 합니다. 그 보살핌을 아르바이트하는 아이나 아이의 동생은 하기 힘들어 항상 사내가 도맡아 했습니다.

날이 추우니 거리에는 차량만이 오갈 뿐 사람은 별로 없습니다. 그때 사내의 눈에 고물을 잔뜩 실은 리어커가 보였습니다. 리어커는 무거워 느릿느릿 사내 앞을 굴러갔습니다. 가까이 다가가자 리어커를 끄는 사람이 보입니다. 그는 아주머니로 빈곤함이 몸 옷 스타일에서 배어 나왔습니다.

사내는 생각했습니다.

'저 리어커를 밀어줘?'

'아니, 이렇게 추운데 뭔 소리야? 그 사람은 그 사람의 인생이고 나도 지금 여력이 없는 형편이잖아?'

'그래도 아직 시간이 있으니 좀 밀어줘도 되잖아.'

'무슨 소리, 이리 추운데 누가 저렇게 살라고 시켰어?'

'저 사람은 그렇게 살고 싶어 저렇게 사나?'

'그냥 지나가면 돼.'

'아니야, 사람은 조금이라도 도움을 주는 마음이 없다면 사람이 아닌 거야.'

결국, 사내는 리어커를 뒤에서 밀었습니다. 갑자기 수레가 잘 나가자 여인이 뒤를 돌아보며

"아이고, 고마워요."

"어서 가기나 하세요."

도심에는 민원 때문에 고물상이 없으므로 이 여인은 리어커를 끌고 벌판으로 나가는 것입니다. 그곳에는 허름한 고물상이 몇 개 있습니다.

드디어 길이 갈라지자 사내는

"저는 이리 갑니다. 잘 가세요."

"예, 정말 고마워요. 안녕히 가세요."

그렇게 리어커에서 손을 뗀 사내는 주머니에 손을 넣었습니다. 어? 그런데 아무래도 이상했습니다. 몸이 가뿐합니다. 인제 보니 힘주어 밀은 리어커로 인해 몸에서 땀이 난 것입니다. 어깻죽지에서 열이 느껴지고 손도 시리지 않은 것이었습니다.

회전의자

아이는 할아버지가 무서웠습니다. 할아버지는 힘센 아빠도 이깁니다. 그래서 아이는 평소 할아버지 방을 들어가지 않지만, 아버지나 엄마와는 손을 잡고 함께 들어갑니다. 할아버지께서 손대지 말라는 걸 만지거나 떨어뜨리면 아이 대신 아빠나 엄마가 야단을 맞습니다.

그래도 아빠나 엄마가 '안돼!'하는 것을 할아버지는 해주실 때가 있습니다. 아이는 라면을 먹고 싶지만, 엄마나 아빠는 '안돼! 밀가루' 하며 들은 체를 안 해도 할아버지에게

"할아버지, 라면."

하면 할아버지는 라면을 끓여 주십니다. 그러면 아빠 엄마도 아무 말을 하지 못합니다.

그런 아이가 할아버지 방에서 놀 수 있는 단 하나의 장난감이 있었는데 그것은 할아버지 책상 뒤에 있는 회전의자였습니다. 그 회전의자는 앉아서 책상 모서리를 잡고 이리저리 돌리면 잘도 돕니다. 한참을 이리저리 돌다가 싫증이 나면 방에서 나와도 할아버지는

"더 타지 왜 그만 탈 거야?"

하며 안아주셨습니다.

어느 날입니다. 그날도 아이는 할아버지 방에서 의자 타기를 하게 되었습니다. 우선 의자가 책상에 닿지 않고 돌 수 있도록 의자를 책상에서 조금 끌어냈습니다. 그리고 의자 위로 올라앉자 손을 뻗어 멀리 있는 책상 모서리를 잡고 힘껏 당겼습니다. 그러자 '빙빙빙' 빠른 속도로 의자가 돌고 그 의자에 앉아있는 아이도 함께 돌았습니다. 아이는 신이 났습니다. 돌기가 끝나면 또 돌렸습니다. 그리고 또 돌리고, 또 돌리고. 한참을 그렇게 돌리다 보니 아이는 어지러웠습니다.

아이는 의자에서 내려왔습니다. 온 세상이 빙빙 돌았습니다. 천정도 돌고, 책꽂이도 돌고, 벽에 붙은 TV도 돌았습니다. 아이는 얼른 엎드렸습니다. 머리가 아파지고 가슴이 벌렁거렸습니다.

목구멍이 뜨거워 아이가 입을 벌렸습니다. 아까 먹은 라면이 갑자기 튀어나오고 눈물과 콧물 침이 '줄줄' 흘러내렸습니다.

멀미가 난 것입니다.

어떤 짜장면집

　짜장면을 만들어 파는 식당을 운영하는 사람이 있었습니다. 이 식당 주인은 무척이나 솜씨가 좋아 그가 만든 짜장면은 맛이 최고였습니다. 그래서 먼 데까지 소문이 나고 사람들은 그가 만든 짜장면을 먹으러 모여들었습니다. 자연히 식당은 잘 되었고, 근처의 다른 식당들은 이 짜장 식당을 부러워했습니다. 그렇지만 정작 식당의 주인은 불만이었습니다.

　"쳇, 이까짓 짜장면 실컷 팔아봤자 돈도 얼마 안 돼. 매일 다람쥐 쳇바퀴 돌리듯 그 나물에 그 밥이야."

　많은 돈을 빨리 벌고 싶은 식당 주인은 매일 궁리를 했습니다. 어떡하면 많은 돈을 벌 수 있을까만 생각하던 식당 주인은 묘책을 내고 메뉴판을 고쳤습니다.

　다음날 첫 손님이 와서

　"짜장면 주세요."

　그러자 주인은

"우리 집은 탕수육이 맛있습니다. 탕수육을 시키면 짜장면은 공짜로 한 그릇 거저 드립니다."

손님이 굳이 우겨 짜장면만 먹는 사람도 있지만 대부분 주인이 시키는 대로 비싼 탕수육을 주문했습니다. 하지만 먼저 탕수육을 먹고 난 손님은 배가 불러 음식을 얼마 먹지 못하고 수저를 놓아야만 했습니다. 이렇게 짜장면을 먹으러 왔던 손님들은 거의 탕수육을 시켜야만 했고, 음식은 항상 남았습니다.

주인은 또 꾀를 냈습니다. 짜장면과 탕수육의 양을 줄여 함께 먹어야만 배를 불릴 수 있게 한 겁니다. 사람들은 짜장면만 먹어도 될 것을 돈을 더 들여 탕수육까지 먹는 것이 늘 불만이었습니다.

차츰 사람들은 이 식당에서 발길을 돌렸습니다. 나중에는 찾아오는 사람이라고는 채소 같은 것을 식당에 납품하는 업자들뿐이었습니다. 식당 주인은 초조해졌습니다. 아예 손님이 없는 날도 있었습니다. 어느 날, 식당 주인은 주방에서 일하는 주방 보조를 내보냈습니다. 월급 나가는 것을 막으려 한 겁니다. 그래도 손님은 늘지 않았습니다.

그런데 이 식당에서 쫓겨난 주방 보조는 근처에 새로운 짜장 식당을 차리고 자기가 배운 대로 열심히 짜장면만을 팔았습니다. 이 집의 짜장면 맛이 먼저 짜장 식당처럼 맛이 좋으니 사람들은 그 집으로 몰렸습니다. 그제야 탕수육과 짜장면을 팔던 옛 주인도 본래대로 원조 짜장이라고 간판을 붙이고 짜장면만을 팔기 시작했습니다. 그러나 근처의 사람들은 아무도 그 집에 가지 않고 주방 보조 집으로만 몰려갔습니다.

황금 돼지

바닷가 근처에 바위로 된 섬이 있었습니다. 이 섬의 사방 물속에는 날카로운 바위가 퍼져 있어 물고기들이 많이 살았습니다. 그래서 맑은 날이면 사람들이 배를 타고 이 섬에 와서 갯바위 낚시를 합니다. 섬 가에 사람이 앉을 수 있는 곳이면 항상 낚시꾼이 북적였습니다.

바닷가 마을에는 어부가 살고 있었습니다. 어부는 바위섬 근처에 그물을 넣고 고기를 잡았습니다. 섬 가까이 가면 고기가 많지만, 물속 바위가 제멋대로 튀어나와 그물이 찢어지기 일쑤였습니다. 그래서 고기는 적게 잡혀도 섬에서 조금 떨어진 곳에 그물을 칩니다. 어떤 때는 부러진 낚싯대나 낚시도구들이 물속에서 그물과 같이 올라오며 그물을 찢어놓거나 페트병 같은 쓰레기가 올라왔습니다. 그러면 고기들은 찢어진 곳으로 모두 달아나 한 마리도 없습니다. 그래서 어부는 낚시꾼들을 싫어했습니다. 다른 어부들은 돈을 받고 그 섬까지 낚시꾼들을 태워 주지만, 이 어부는 절대로 사람들을 태우지 않았습니다.

어느 날입니다.

어부가 어제 쳐놓은 그물을 걷으러 가려니 세찬 비가 내리며 바람도 세게 불기 시작했습니다. 태풍이 분다는 것입니다. 어부는 망설이다 포기하고 집으로 돌아가 배를 뭍으로 끌어 올렸습니다. 다음날도 태풍은 거세게 불었습니다. 3일째 되는 날에야 바다가 잠잠해지기 시작하여 어부는 배를 띄울 수 있었습니다.

어부가 섬 근처에 가보니 그물이 태풍에 밀려 섬에 붙어있었습니다. 섬에 가까이만 가도 그물이 상하지만 끌어 올려야 합니다. 그래야 그물을 사지 않고 꿰매거나 손보아 내일 다시 써먹을 수 있습니다.

예상대로 그물은 찢어진 곳이 많았습니다. 물고기는 모두 도망가고 없었습니다. 그런데 그물에 주먹만 한 새카만 홍합 조개 같은 것이 한 개 올라왔습니다. 어부가 그물을 당겨 확인해 보니 그것은 유행이 지난 휴대전화였습니다. 폴더폰 한쪽 끈에는 무언가 노란 덩어리가 끈에 달려있고, 그 덩어리에는 파래 같은 작은 바다 해초들이 붙어있었습니다. 어부가 풀들을 대강 뜯어내고 보니 그것은 분명 탁구공만 한 황금 복 돼지였습니다.

어부는 복 돼지를 떼어내 팔아서 그물도 새로 샀고 좋은 집으로 이사도 했으며, 배도 큰 것으로 바꿨습니다. 어부는 신이 났습니다. 어부는 그때부터 물고기는 잡을 생각은 하지 않고 매일 섬 가까이에 그물을 쳤습니다. 혹시나 그런 횡재가 또 생기길 바라서입니다. 그러나 그물만 찢어지고 못 쓰는 낚시도구만 올라올 뿐이었습니다.

낚시꾼들은 낚시꾼들대로 욕을 해 댔습니다. 낚싯줄을 던지면 낚시가 그물에 걸려 계속 터지기 때문입니다.

이렇게 몇 달이 지나자 어부는 배의 기름도 얼마 없고 쌀도 떨어졌습니다. 그렇지만 어부는 고기잡이 일보다 횡재 맞는 일이 생길까 봐 계속 섬 주변에 그물을 쳤습니다. 그때마다 고기는 별로 없고 그물만 망가졌습니다.

고기를 잡아 오면 사가던 단골도 떨어져 나갔습니다. 고기를 잡아주지 않으니 장사를 계속할 수 없기 때문입니다. 그렇게 몇 달을 버텼지만, 돈을 다 쓰자 어부는 큰 배를 팔고 예전의 작은 배로 다시 바꿔야만 했습니다. 어부의 자식이 대학 진학을 하는데, 등록금이 필요했기 때문입니다. 집에서 살림하는 어부의 부인이 계속 돈을 요구했어도 없는 돈을 줄 수가 없었습니다. 그럴 때마다 어부는 밖에 나가 친구들과 술을 마셔댔습니다. 고기는 잡지 않고 매일 놀며 술만 마시자 그의 몸은 아픈 곳이 한두 군데가 아닙니다.

어쩔 수 없이 이번에는 집을 팔고 남의 집을 빌려 이사를 하게 되었습니다. 그렇게 이삿짐을 챙기던 어부의 눈에 예전에 황금돼지가 붙어 있던 휴대전화가 보였습니다. 버릴까 하다가 일단 가져갔습니다. 바닷물에 절은 핸드폰이지만 혹시 작동되면 팔 수도 있기 때문입니다.

이사를 마친 어부는 휴대전화의 뚜껑을 열고 초록 버튼의 센드를 눌렀습니다. 설마 바닷물에 절은 핸드폰이 작동될 거라고는 생각하지 않았습니다. 그런데 이게 웬일입니까. 이상하게 휴대전화의 스피커에서

"안녕하십니까? 일생에 단 한 번밖에 없는 기회를 드립니다. 행복을 원하시면 1번을, 불행을 원하시면 2번을, 이대로가 좋으시면 3번을 누르십시오."

어부는 깜짝 놀라 뚜껑을 닫아 전화를 껐습니다. 세상에 이런 일이 있을 수 있을까? 꼭 무슨 일이 일어날 것만 같았습니다. ARS로 멘트가 나오는 것도 신기했지만 별 이상한 전화라고 생각되었습니다. 곰곰이 생각하던 어부는 행복한 것이 좋을 것만 같았습니다. 행복하면 돈도 많이 벌 것으로 생각하였습니다. 그래서 어부는 고개를 갸웃거리며 다시 전화기를 켜고 ARS 멘트를 차분히 들었습니다.

"안녕하십니까? 일생에 단 한 번밖에 없는 기회를 드립니다. 행복을 원하시면 1번을, 불행을 원하시면 2번을, 이대로가 좋으시면 3번을 누르십시오."

어부는 1번을 눌렀습니다. 그러자 스피커에서

"행복을 원하시는 1번을 누르셨습니다. 잠시 기다리십시오. 데이터를 찾고 있습니다. '띠 디 디 디 디 디 디 디' 귀하께서는 예전에 하던 대로 어부 일을 하십시오. 섬에서 조금 떨어진 곳에 그물을 치면 고기가 잡힐 겁니다."

'뚜우 뚜우 뚜우 뚜우.'

'아니 이게 무슨 말이야, 행복하게 해 달랬지. 고기 잡으면 누가 밥 먹고 사는 줄을 모르나?'

발신과 수신이 끊어진 전화기를 쳐다보던 어부는 참으로 묘하다는 별별 생각을 하다 벌떡 일어났습니다. 그리고 그물을 손질하기 시작했습니다. 어부는 아무래도 누군가가 자신을 평생 어부로 살게 하려고 장난을 하는 것으로 생각했습니다. 분명 마누라를 중심으로 몇 사람이 자기에게 일을 시키려고 꼼수를 썼다고 생각했습니다. 그렇지만 그물을 쳐 고기를 매일 잡으면 당장 살아가는 일은 해결됩니다. 그래서 다시 일을 시작했습니다.

다음 날 아침, 어제 쳐놓은 그물을 올리니 그런대로 많은 고기가 들어있었습니다. 그동안 어부가 고기를 잡지 않아 어자원이 풍성해졌기 때문입니다. 어부는 예전 단골에게 전화했습니다. 어부를 보고 "미쳤다."라며 손가락질하던 단골이 다시 물고기를 사 갔습니다.

그물을 손질하고 또 바다에 설치하여 고기를 잡아내고 이사 간 집의 밭에 채소를 가꾸자니 시간이 촉박하여 이제 어부는 술 마실 시간이 없었습니다. 간조가 되기 전에 그물을 걷어야 하는데 그 시간이 한밤중에 닥쳐도 일어나 일을 했습니다. 그동안 놀아 갚아야 할 빚이 있었기 때문입니다.

낚시꾼들에게 돈을 받고 섬에 실어주고 실어오니 용돈은 떨어지지 않았지만, 집에 오면 금방 잠에 곯아떨어졌습니다. 술을 못 마시자 어부의 몸 아픈 곳이 사라졌습니다. 어부는 기분이 매우 좋았습니다.

대학에 다니는 자식에게 전화가 왔습니다. 이번 학기에 공부를 잘해 장학금을 받는다는 것입니다. 그렇게 기쁠 수가 없었습니다. 온 동네에 자랑하고 다녔습니다. 집에 돈이 조금씩이라도 모이니 부인의 잔소리도 사라졌습니다.

마당에 묶어놓은 개가 새끼를 여섯 마리나 낳았습니다. 새끼들이 꼬물거리며 어미 젖을 빨다가 사료를 주는 어부를 졸졸 따라다녔습니다. 어부는 개를 쓰다듬으며 사랑스럽게 새끼를 어루만졌습니다. 한 달이 되자 여기저기 아는 사람들이 새끼를 모두 분양해 갔습니다.

세 사는 집의 밭에 심어놓은 배추가 곱빼기로 비싸졌습니다. 얼마 전에 비가 많이 오는 통에 나라의 배추 농사가 흉년이었는데 어부의 밭은 멀쩡했습니다. 당연히 많지는 않지만 비싸게 팔 수 있었습니다. 팔고 나서 농부는 또 배추를 심었습니다. 심은 배추가 자라면 김장을 해야 합니다.

그 해 생일날입니다. 곱게 차려입고 생일상을 받은 어부는 껄껄 웃으며 부인과 자식들이 따라주는 술잔을 받아 마셨습니다. 어부의 친구들이 와서 왁자지껄 떠들며 축하를 했습니다. 그는 이게 행복인가 하는 생각을 했습니다.

'행복이 이런 건가? 돈만 많다고 행복한 것은 아닌가 봐. 그때 전화기가 나를 행복하게 해준다는 말이 이렇게 해준다는 거였나?'

그날 밤 어부는 서랍 속의 휴대전화를 꺼냈습니다. 이상한 멘트를 다시 한번 듣기 위함이고 다른 기능이 추가되었는가를 알아보기 위해 섭니다. 어부는 센드 버튼을 눌렀습니다. 그러나 휴대전화가 더는 작동되지 않았습니다. 충전을 밤새하고 새벽에 일하러 가기 전에 다시 눌러봐도 휴대전화는 계속 먹통이었습니다.

내 콧소리

한 학생이 상급학교에 진학했습니다. 그 학교는 기숙사가 있어 모든 학생이 기숙사에서 잠자고 밥을 먹고 근처의 교실로 공부를 하러 갑니다. 이 학교의 학생들은 누구도 방학이나 휴가 기간, 휴일이 아니면 집에 갈 수 없었습니다. 휴일에도 갈아입을 옷이나 다른 필요 물품을 가지고 학교의 기숙사로 돌아와야 합니다.

이 기숙사의 방 하나에는 두 명이 생활합니다. 서로 필요한 물건을 빌려주기도 하고 서로 모르는 것을 묻기도 하며 식당이나 세면장을 사용할 때도 번갈아 하지만, 잠자는 때만큼은 건물 전체에 불이 꺼지므로 함께 잠이 듭니다.

그런데 이 방에 한 학생이 코에 비염이 있는지 숨을 쉴 때마다 '새액 색' 소리를 냈습니다. 다른 학생은 그 소리가 듣기 싫었지만 한 방의 동료라서 '꾹' 참았습니다. 그러면서

"넌 코로 '색색' 피리를 부니? 인제 보니 너 기형이구나."

그러면 다른 학생은

"응 내 코에는 염증이 잘 생겨. 그래서 뿌리는 이 약을 항상 가지고 다니며 코가 막힐 때마다 뿌려야 해."

하더니 주머니에서 조그만 약병을 꺼내 콧구멍에 대고 '칙' 하며 뿌렸습니다.

그러던 어느 날, 추석이 다가왔습니다. 코에서 소리가 나는 학생은 고향을 가지만, 다른 학생은 엄마와 아빠가 여행을 갔기에 집에 갈 필요가 없었습니다. 그래서 기숙사에 남았습니다.

"갔다 올게."

"그래, 잘 다녀와."

비염이 있는 학생은 고향에 가고 다른 학생은 물건을 정리하고 작은 빨랫거리도 빨아 널고 나니 마음이 푸근했습니다. 조용한 방에 맘 편히 혼자 있자니 잠이 '스르르' 밀려왔습니다. 팔베개하고 아무렇게나 누워 잠이 막 들었는데 '새액' 하며 친구가 내는 소리가 들렸습니다. 깜짝 놀라 눈을 뜨고 주위를 둘러봤지만, 문은 잠긴 채 그대로였습니다. '잘못 들었구나.' 생각하고 다시 잠이 들려는데 또다시 '쉐에액' 소리가 나는 겁니다. 다시 눈을 뜨고 조금 크게 숨을 쉬어보니 그 소리는 바로 자기 코에서 나는 소리였습니다.

아이와 축구공

축구를 너무너무 좋아하는 한 아이가 있었습니다. 아이는 틈만 나면 아빠를 졸라 운동장에서 축구를 했습니다. 아이의 아빠도 쉬는 날이면 아이와 운동장에서 공을 차며 놀았답니다.

그런 아이에게는 버릇이 하나 생겼는데 길을 가다 떨어지거나 버려진 물건들을 보면 축구공처럼 차는 것입니다. 길에는 빈 물병이나 음료수병, 우유 팩 등 많은 것들이 어쩌다 한 개씩 떨어져 있었습니다. 그러면 아이는 힘껏 찼습니다. 그러면 그 물건들은 저만큼 날아가 떨어지거나 지나가는 사람이나 차를 맞추기도 했습니다.

아이의 엄마나 아빠는 아이에게

"애야, 남의 것을 함부로 차면 안 돼, 차야 할 땐 넓은 운동장에서 너의 축구공만 차야 하는 거야."

그래도 아이는 듣지 않고 길을 가다 심심하면 무엇이든 찼습니다. 찰 것이 없으면 돌멩이나 다른 집의 쓰레기통을 차기도 했습니다.

추운 겨울날입니다. 며칠째 비바람이 불어 세상이 꽁꽁 얼어 아이는 밖에 나갈 수가 없었습니다. 밖은 미끄럽고 추우니 사람들은 주머니에 손을 넣고 길을 가야만 했습니다.

그렇게 몇 날이 지나자 날씨가 다시 따뜻해졌으므로 아이는 공을 들고 학교운동장으로 갔습니다.

방학하여 운동장에는 아무도 없고 아빠는 회사에 갔으므로 혼자 놀기 위해서입니다. 그때 저쪽 골대 옆에 누가 버리고 간 축구공이 있었습니다. 아이는 '너의 축구공만 차라.' 하던 부모님의 훈계를 듣지 않았습니다. 자기 공을 땅에 놓고 버리고 간 공을 골대 쪽으로 힘껏 찼습니다. 그런데 골대를 향해 힘껏 차는 순간

"아야!"

아이는 엄지발가락이 너무 아파 그 자리에 주저앉아 '엉엉' 울었습

니다.

"엄마, 엉엉 엉."

그 공은 며칠간 비를 맞아 꽁꽁 얼어붙어 있었습니다. 돌처럼 단단하게 그 자리에 붙어 있는 공을 힘껏 찬 것이지요. 아이는 걸을 수가 없었습니다.

우는 소리를 듣고 일직 선생님이 나오셨습니다.

아이는 엄지발가락이 부러져 병원에 입원하고 매일 주사를 맞아야 했습니다.

매운 음식과 짠 음식

서로 친구로 지내지만, 항상 대립하며 싸우는 A와 B 두 사람이 있었습니다. 무슨 일이든 두 사람은 항상 대립하고 우기며 자기주장을 굽히지 않는 것입니다. 그런 두 사람이 잔칫집에 초대되어 한 탁자에서 같이 식사를 하게 되었습니다. 상 위에는 밥과 갈비탕, 술과 안주로 통닭이 몇 토막 나와 있었습니다. 그런데 같이 식사를 하던 두 사람 중 한 명인 A는

"이 집의 갈비탕이 참으로 맛있군."

하고 중얼거리자 다른 한 명 B는

"갈비탕보다 통닭이 더 맛있네."

그러자 A는

"아니야. 갈비탕이 더 맛있어."

이를 받아 B는

"통닭이 더 맛있어."

이렇게 옥신각신하던 두 사람은

"내가 만들어도 이 통닭보다 맛있게 하겠어."

"나야말로 이 갈비탕보다 훨씬 맛있게 만들겠다."

이렇게 아옹다옹하다가 두 사람은

"어디 그럼 네가 통닭을 만들어 봐. 나도 갈비탕을 만들 테니."

"알았어. 내일 저녁에 내 집으로 와. 내가 통닭을 튀겨 줄 테니까."

"좋다. 모레 저녁은 네가 내 집으로 와. 멋진 갈비탕을 만들어 줄게."

그렇게 약속하고 두 사람은 헤어졌습니다.

다음 날 저녁입니다. A의 집에 B가 방문을 해 보니 A는 반죽에 고 춧가루를 약간 넣어 조금 매운 통닭을 만들려 했습니다. A가 간을 맞 추려 소금을 가지러 간 사이에 B는 옆에 놓인 그릇에서 고춧가루를 부 어 넣고 '휘' 저어 놨습니다. 그리고 표가 나지 않도록 시치미를 '뚝' 떼 었고 그렇게 튀겨 만든 통닭은 너무 매웠습니다. 두 사람은 도저히 먹 을 수가 없었습니다.

B는 A에게

"더 잘 만든다더니 먹지도 못하게 만드는군. 꼴 좋네."

하고 돌아갔습니다. A는 B가 훼방 놓았다는 것을 짐작했지만 참았 습니다.

다음 날 저녁입니다.

이번에는 B가 갈비탕을 끓였습니다. A는 팔팔 끓는 갈비탕의 솥뚜 껑을 열고 냄새를 맡으며

"냄새는 아주 좋구먼."

하다가 슬쩍 소금을 부었습니다. 그리고 모르는 척하며 식탁에 앉아

기다렸습니다. 갈비탕이 나오고 맛을 보던 두 사람은 국이 짜서 도저히 먹을 수가 없었습니다. A는 수저를 놓으며

"자넨 갈비탕 갈 자도 모르는군. 냄새만 좋으면 뭣하나? 난 못 먹겠으니 갈려 하네."

하고 돌아갔습니다.

두 사람은 서로에게 색안경을 끼고 반대에 반대만 하다 보니 뿌린 대로 거두고 베푼 대로 받는다는 사실을 몰랐습니다. 그리고 날이 갈수록 더욱 사이가 멀어져만 갔습니다.

오래된 물건

한 젊은이가 있었습니다. 이 젊은이는 이제 직장을 따라 먼 곳으로 떠나야 합니다. 젊은이의 회사는 이곳에 있지만, 추운 나라에 지사가 있으므로 지사 일을 하기 위해 해외로 나가야 했습니다. 해외는 말도 서툴고 음식도 이곳과 다르며, 기후도 조금 추워 생활하기 힘들 것입니다. 그래서 온 가족은 젊은이가 무사히 3년이라는 기간을 다 채우고 돌아오길 바라며 한 집에 모였습니다. 젊은이가 새 옷으로 깨끗하게 갈아입고 거실로 나오자 기다리던 가족들이 모두 좋은 말로 위로를 했습니다. 그때 할머니가 걱정스러운 표정을 지으며 젊은이의 손을 잡고 말씀하셨습니다.

"우리 손자는 어딜 가도 일 잘하고 멋지게 잘 살 거야. 그런 우리 손자에게 할머니는 이것밖에 줄 것이 없네. 꼭 잘 간직하고 이걸 볼 때마다 이 할미를 생각해다오."

하며 손뜨개로 짠 목도리를 젊은이의 목에 걸어주었습니다. 이 목도리는 젊은이도 잘 압니다. 젊은이가 어려서 자랄 때부터 할머니는 외출할 때마다 이 목도리를 목에 걸고 다니셨습니다. 그렇게 눈에 익은 오래된 목도리였습니다. 하지만 목도리는 세월의 때가 묻어 낡았고 빛도 바랬으며 보푸라기도 많이 일어 엉킨 곳도 많았습니다.

젊은이는 새것을 하나 사기로 맘먹고

"할머니, 이것은 그냥 할머니 하세요. 저는 가다가 시장에서 새로 하나 살께요."

"아니야. 뭐 하려고 새로 사니? 이게 얼마나 따뜻하고 좋은 건데."

할머니는 젊은이의 목에 걸어준 목도리를 한번 묶어주셨습니다. 젊은이는 할머니 보는 데서 차마 벗을 수도 없어 목도리를 한 채 가족들에게 작별 인사를 하고 집을 나왔습니다. 걸어 큰길까지 온 젊은이는 어떤 빌딩 2층으로 올라갔습니다. 계단을 오르며 젊은이는 목도리를 벗어서 메고 있던 가방 속에 넣었습니다. 낡은 목도리를 누가 보는 것이 창피했던 것입니다. 더구나 2층에서 그를 기다리는 사람은 젊은이의 애인으로 장차 결혼할 사이였습니다. 애인에게 깨끗하고 산뜻한 새 옷을 입은 것만 보여 줄 참입니다.

두 젊은 남녀는 함께 차를 마시고 이야기를 했습니다. 얼마 후 헤어져야 할 시간에 젊은이는 아가씨가 주는 선물을 넣기 위해 가방을 열었습니다. 젊은이가 가방을 열자 맨 위에 목도리가 보였습니다. 가방 속의 목도리를 본 아가씨는

"자기야, 저게 뭐야? 목도리야?"

"응, 할머니 거야."

"한번 보여줘."

"안돼, 보지 마. 너무 오래된 거라서 곧 버릴 거야."

"아니야, 나 그것 꼭 보고 싶어. 버릴 거라며?"

"아, 그럼 이 목도리는 네가 보고 버려."

젊은이는 목도리를 꺼내 아가씨에게 주고 일어나 공항으로 떠났습니다.

사실 아가씨는 뜨개질에 일가견이 있는 고수였습니다. 뜨개질로 몇 달에 걸쳐 코트를 짜 입기도 하는 실력파였습니다. 아가씨는 이 목도리를 보자마자 짠 사람의 실력이나 스타일, 성격, 정성까지도 대강 짐작할 수 있었습니다. 펼쳐보고 누군가에게는 귀한 물건이었을 것으로 생각했던 것입니다.

3년의 지사 생활을 끝낸 젊은이가 공항에 도착했습니다. 회사 동료를 비롯한 애인과 온 가족의 환영을 받으며 점잖고 듬직한 모습의 젊은이는 미소를 띠며 손을 흔들었습니다. 그러나 할머니는 보이지 않았습니다. 몸이 아파 집에 누워계셨던 것입니다.

그날 저녁.

젊은이는 온 가족에게 선물을 하나씩 안겨 주고 할머니께는 깨끗하고 멋진 새 목도리를 두 손으로 드렸습니다. 할머니는 아픈 몸을 일으켜 손자가 주는 목도리를 목에 걸으시며 감격에 겨워

"우리 손자가 할미를 이토록 기쁘게 해주는구나. 내가 이 나이까지 산 것이 손자 선물을 받고 이렇게 좋아하려고 산 것 같구나. 그래, 고맙다."

모두 왁자지껄 시끄러운 가운데 상이 차려지고 음식이 놓였습니다. 이곳에는 그의 애인 아가씨도 끼여 상을 차리고 같이 음식을 들었습니다. 가족들이 한참 음식을 들며 분위기가 무르익을 때 할머니가 손자에게 물었습니다.

　"그런데 애야, 떠날 때 내가 준 목도리는 어데 됐니?"

　젊은이는 그제야 떠날 때 버린 것이 생각났습니다. 갑자기 대답할 말이 생각나지 않아

　"아, 저, 그거요? 어디에 뒀더라?"

　젊은이는 어디에 뒀는데 기억이 잘 나지 않는다는 듯한 표정을 지으며 떠듬거렸습니다. 차마 버렸다고는 말을 할 수가 없었습니다. 그때입니다. 음료수를 마시던 애인 아가씨가

　"할머니, 저에게 줄 선물을 포장할 때 끼여 들어간 것 같아요. 제 선물을 푸니 그사이에 오래된 목도리 하나가 들어있었어요. 내일 제가 가져다드릴게요."

　하고 얼른 거짓말을 했습니다.

　"으응, 그랬어? 그랬다고?"

　하고 한참 눈을 감고 무언가를 곰곰이 생각하던 할머니는

　"아범아! 날 잡아 쟤들 결혼시켜라."

　그러자 깜짝 놀란 젊은이의 아버지가

　"네? 어머니, 아직 상견례도 하지 않았는데요."

　젊은이의 아버지가 이렇게 말하자 할머니는

　"다 필요 없다. 여자는 살림만 잘하면 된다."

할머니 생각은 물건을 허투루 버리지 않는 아가씨가 거짓말도 재치 있게 하는 것이 대견해 보였고 싹싹한 것이 살림도 잘할 것만 같았기 때문입니다.

다음 날 저녁 모든 가족이 모여 있을 때 애인 아가씨는 3년 전에 젊은이가 버리라던 목도리를 할머니께 가져다드렸습니다. 아픈 할머니는 일어나 앉으며 이렇게 말씀하셨습니다.

"아, 여기 있었구나……."

목도리를 한참 이리저리 만지작거리던 할머니는 천천히 가족들을 둘러보며

"내가 처녀 때에 아주 멋진 청년을 알았단다. 아주 완벽히 내 맘에 쏙 드는 청년이었지. 그의 곁을 지나가기만 해도 괜히 신경 쓰이고 얼굴이 후끈후끈 달아올랐었어. 그러다 그 청년을 만나고 데이트를 하는 날이면 난 가슴이 뛰고 피가 멈추는 듯했단다. 어쩌다 손이라도 잡으면 눈이 내리깔리고 숨이 멎었단다. 그 청년은 내 맘에 들지 않는 것이 하나도 없는 사람이었어. 기다리는 데이트 시간은 왜 그리 더디게 흘러가는지.

어느 추운 겨울날이었었지. 그 청년과 내가 팔짱을 끼고 걷는 도중이었는데 청년이 나에게 한 가지 부탁을 했어.

'이렇게 바람이 부는 추운 날은 목도리를 해야 하는데 가진 것이 없습니다. 하나 살까요, 아니면 저를 위해 목도리를 하나 짜 주시겠습니까?' 하는 것이었지. 그까짓 목도리가 뭐라고. 까짓거. 난 그 즉시 '떠드릴 테니 10일만 여유를 주세요.' 했더니 그 청년이 조건을 붙이는

거야. '10일이 아니고 100일이라도 좋으니 세상에서 단 하나뿐인 특이하고 멋진 목도리를 짜 주세요.' 했단다. 그 말을 듣고 나는 모양을 내고 색상을 섞고 이 방법 저 방법을 다 써 보았어. 잘못되면 풀고 다시 짜기를 몇 번이나 했는지 몰라. 또 모르는 것은 이 사람 저 사람에게 물어가며 무늬를 넣어 한 달 만에 겨우 목도리를 완성했어. 청년은 그 목도리를 선물 받고 얼마나 기뻐했는지 몰라. 그 후로 나를 만날 때마다 청년은 목도리를 하고 나왔고, 얼마 지난 뒤 우리는 결혼을 했었지……."

말씀 도중 할머니는 옛날이 그리워 목이 메는지 눈물을 글썽이며 창밖을 한 번씩 쳐다보셨습니다. 모든 가족은 할머니의 다음 말씀을 기다리며 조용히 앉아 움직이지도 않았습니다. 잠시 후 이어지는 할머니

의 말씀은

"그 청년이 돌아가신 네 할아버지고 그 목도리가 바로 이 목도리란다. 지금은 영감 사진과 이 목도리밖에 남아 있지 않아. 어느새 세월은 나를 이리 늦게 만들고 그 청년과도 나를 갈라놨어. 지금쯤 천당에 있을까. 지옥에 있을까…… 다른 사람은 별 것 아니지만 내게는 이것이 아주 소중한 물건이란다."

하며 할머니는 목도리를 만지작거렸습니다. 모두 말없이 할머니를 쳐다보며 앉아 있었습니다. 힘에 부친 지 할머니는 다시 누웠습니다.

장사로 돈 벌기

가게를 운영하는 한 청년이 있었습니다. 그는 낚시로 고기 잡는 것이 취미생활이며 재미였습니다. 이 청년은 손님만 없으면 가게 앞 냇가에서 항상 낚싯줄을 드리웠습니다. 그렇게 가게를 비우니 장사가 잘 될 리가 없었습니다.

그날도 젊은이는 앞 개울 낚시터에서 낚시를 드리우고 있었습니다. 그때 저쪽에 웬 노인이 낚시하는데 도통 고기를 잡지 못하는 겁니다. 젊은이가 연신 고기를 낚아 올리자 노인이 다가와 물었습니다.

"젊은이는 고기를 잘 낚으시네. 어떻게 하는지 좀 가르쳐주시오."

그래서 젊은이가 노인의 낚싯대를 살펴보니 잘못된 곳이 많았습니다. 젊은이는 새로운 매듭이나 줄의 길이, 굵기를 가르쳐 주었습니다. 그러자 노인도 고기를 잡아 올리는 것입니다.

낚시가 끝나고 노인이 자기의 신분을 밝혔습니다.

"난 오광물산 회장이라네. 아니, 은퇴하여 이제 한 늙은이일 뿐이지. 전에는 사업상 바쁘고 또 스님이 '살생하지 말라.' 해서 낚시를 금했었다네. 그런데 은퇴 후 얼마 전 스님을 찾았지. 스님은 '소일로 낚시는 하되 식량으로 사용하는 건 괜찮고 나머지는 방생하라.' 하더라고. 그래서 처음으로 이처럼 나와서 해보는 거라네."

그리고 명함을 주며

"어려움이 있으면 전화 주시게. 내가 돕겠네. 대신 내가 낚시 오면 날 좀 도와주시게."

그러자 젊은이는 속으로 쾌재를 불렀습니다. 그래서 얼른

"장사가 잘되게 하고 싶습니다."

"그래? 그렇다면 사람을 천 명 이상 사귀게나. 난 가네. 1주일 뒤 다음 일요일에 또 오겠지만 그 안에라도 필요하면 전화 주시게."

젊은이는 그때부터 손님이 미어지게 오길 바라서 누구든 오기만 하면 모두 친구로 사귀기로 했습니다. 그러나 젊은이는 사람들의 친구가 되길 꺼렸습니다. 젊은이와 어울리면 사람들 대부분이 젊은이에게 계산을 부탁하거나 뒤치다꺼리를 떠넘겼기 때문입니다. 그래도 젊은이는 회장님 말을 믿고 참으며 사람들과 사귀었습니다. 그런데 천명을 사귀기가 너무 힘들었습니다. 모두 엉뚱한 일을 시키거나 어려운 부탁을 하곤 했습니다.

다음 일요일이 돌아왔습니다. 젊은이는 냇가의 낚시터에서 회장을 만나 말을 꺼냈습니다.

"왜 그러는가?"

"회장님이 시키는 대로 사람 천명을 만들려 해도 사람들과 사귀어지질 않습니다. 대체 어찌해야 천명을 사귈 수 있습니까?"

"그래요? 그렇다면 두 번째 청을 들어주지. 친구를 사귀는 비법은 별 것 아니요. 무조건 만나줘요. 무조건 베풀어요. 무조건 이야기나 청을 들어줘요. 그럼 됩니다."

이 말을 듣고 젊은이는 돈을 써가며 천명을 사귀었습니다. 그러자 장사는 그런대로 됐지만 잘되는 편은 아니었습니다. 얼마 후 젊은이는 낚시터에서 회장님을 또 만났습니다. 그리고 시키는 대로 했지만, 장사가 잘 안된다고 불평을 해댔습니다. 그러자 회장님은 빙그레 웃으며

"그래, 그렇다면 또 방법을 가르쳐주지. 그것은 새롭고 좋은 물건만 팔아요. 신선하고 청결한 것만 팔아요. 반품은 좋은 조건으로 즉시 해결하시오. 그럼 난 이제 별 볼 일이 없으니 갑니다."

낚시 방법도 다 배운 회장님은 더는 오지 않았습니다.

집에 돌아온 젊은이는 매장에 있는 저질물건들을 모두 없애고 매장을 새롭게 정리했습니다. 그리고 회장님 말대로 깨끗하고 좋은 물건들로 채웠고 반품도 소비자에게 좋은 조건으로 물어줬습니다. 그러자 날이 갈수록 사람들이 구름처럼 모였습니다. 손님이 몰리니 매장을 비울 수 없어 취미생활은 할 수 없어도 장사가 잘돼 젊은이는 매일 기분이 좋았습니다.

웃으며 일하기

음식을 맛있게 하는 식당이 있었습니다. 이 식당은 장사가 아주 잘 되었습니다. 식당의 특징은 손님이 5인 이상 단체면 7인승 승합차에 태워 목적지까지 서비스로 태워다 주는 것입니다. 그러면 손님들은 식사는 물론 술까지 마시고 음주운전을 하지 않아도 되었습니다. 이 식당에 있는 차량 두 대가 정신없이 손님들을 태워갔습니다.

얼마 전 운전기사 한 사람이 일을 그만두어 사람을 구했습니다. 새로 들어온 젊은 운전기사는 항상 웃으며 친절하고 싹싹하게 손님을 대했습니다. 반면에 오래되고 나이든 운전기사는 항상 불만이었습니다. 술 취한 손님이 시비를 걸거나 차 안을 더럽히면 청소하는 것도 싫어했습니다. 그렇다고 월급이 많은 것도 아니었습니다. 그래서 항상 무표정에 무뚝뚝함으로 손님을 대했습니다.

젊은 기사가 매일 활기차고 명랑하게 웃으며 일하는 것을 지켜보다 궁금해진 나이든 기사가 물었습니다.

"자네는 월급도 얼마 안 되고 못된 손님들도 많은데 무엇이 좋아 그

렇게 싱글거리나?"

　그러자 걸레를 들고 차의 먼지를 닦던 젊은 기사는

"아, 선배님. 사실은 저도 피곤합니다. 하지만 어차피 해야 할 일이라면 즐겁게 하자고 아침마다 거울 속의 나를 보고 다짐합니다. '그래, 오늘도 보람있게 살자.' 하고요."

"참으로 별스러운 성격이네. 그렇다면 뭐 자넨 매일 그렇게 웃게나. 난 이 집의 모든 게 싫어서 웃음이 안 나온다네."

　나이든 기사가 비꼬아도 젊은 기사는 항상 미소짓고 웃으며 열심히 일했습니다. 손님이 뜸한 시간이면 차량도 손보고 쓰레기도 치우며 정원에 물도 줬습니다. 그러자 식당의 일꾼들이 모두 좋아했습니다. 그런데 언제부터인지 단골들이 젊은 기사만을 찾았습니다. 젊고 싹싹한

기사가 짐도 내려 주고 몸도 부축해주니 모두 젊은 기사만 찾는 것입니다. 젊은이는 정신없이 바빴지만, 나이든 기사는 한가하게 일을 했습니다.

어느 날입니다. 이 식당 사장은 나이든 기사를 해고했습니다. 반면 젊은 기사에게는 월급도 올려주고 맘에 드는 기사를 한 명 더 뽑게 시켰습니다.

젊은이의 웃음과 친절함이 손님들을 기쁘게 했고 그로 인해 손님이 점점 늘었습니다. 식당은 점점 더 잘 되었고, 사장은 차를 한 대 더 사고 기사도 한 명 더 뽑았습니다. 새로 들어온 두 기사는 젊은 기사의 말대로 움직이며 열심히 일했습니다.

기어 한 개

한 가난한 사람이 살았습니다. 그는 집이 너무 가난하여 이것저것 새로운 물건을 자주 살 수 없었습니다. 최대한 아끼고 최소한의 경비로 싼 물건을 샀습니다. 그는 싼 물건을 사다 보니 고장도 잦았습니다. 처음에는 라디오에서 전화기나 드라이기 같은 물건이 고장 나거나 이상한 소리가 나면 뜯어서 고쳐보는 것입니다. 한 번 두 번 고장 날 때마다 비슷한 부속으로 갈거나 이어붙여 사용하곤 했습니다. 또 남들이 버린 물건도 주워다 뜯어보고 고쳐 사용했습니다. 그렇게 하다 보니 TV나 냉장고, 로봇까지 그의 손으로 고치지 못하는 전자제품이 없었습니다.

어느 날입니다.

이 가난한 사람이 기술과 아이디어로 로봇을 설계했습니다. 이 로봇은 상대방과 대화는 물론 심부름도 척척 할 수 있습니다. 이제껏 세계에서 이런 로봇을 만든 사람은 없었습니다. 이 사람이 공장을 세워 로봇을 대량으로 만들어 팔고 싶어도 돈이 없었습니다. 그래서 부자를 찾아갔습니다. 부자는 설계도면과 몇 가지 물건을 보자 대박 날 것을 예감했습니다. 그래서 제안을 했습니다.

"내가 공장을 세워 물건을 만들겠네. 대신 자네를 공장장에 앉히고 매달 많은 월급을 주겠네."

그렇게 가난한 사람은 부자 공장의 공장장이 되었습니다.

예상대로 로봇은 물건이 없어 못 팔았습니다. 전 세계에서 미리 돈을 쥐놓고 물건이 완성되면 가져갔기에 부르는 게 값이었습니다.

어느 날입니다. 이 나라 저 나라 이곳저곳에서 로봇이 작동하지 않는다고 아우성이 일어났습니다. 그러면 로봇을 개발한 사장은 고장 난 로봇을 가져오게 하여 고쳐 주었습니다. 그 회사 수리반에 있는 사람들은 로봇 가슴에 뚜껑을 열고 기어를 바꿔주는 것이 일이었습니다. 플라스틱 기어가 금방 마모되기 때문입니다. 플라스틱 기어만 바꿔주면 로봇은 다시 잘 작동되었습니다.

그 회사 수리반의 사람들이 플라스틱 기어를 철로 된 기어로 바꾸자고 몇 번을 건의했습니다. 그러나 사장은

"이 사람들아, 고장이 나야만 자네들도 수리비를 받아먹고 살 것 아닌가? 아직 우리 제품을 따라올 만한 기술이 세상에는 없네."

사장은 끝내 플라스틱 기어를 강한 쇠로 바꾸지 않았습니다. 그래도 로봇은 잘 팔렸습니다.

어느 날, 이 회사의 공장장이 회사를 그만두었습니다. 사장이 공장장에게 다른 더 좋은 로봇을 빨리 개발하라 했기 때문입니다. 이미 개발한 로봇 때문에 공장장 자리에 오른 사람에게 또 로봇을 개발하라니

기분 나빴습니다. 사장이 공장장인 자기를 이용하여 또 돈을 더 벌려 하기 때문입니다.

그만둔 공장장은 집에서 로봇을 다시 설계하였습니다. 로봇의 구석구석을 잘 알기에 다시 생각하며 조립을 했고 새 기능을 첨가했습니다. 플라스틱부품은 단단한 철로 바꾸었습니다. 이번에 만든 제품은 빨래나 청소도 하고 사람처럼 음식도 장만하는 것이었습니다. 그야말로 만능 재주꾼 로봇이었습니다. 그는 큰 대기업을 찾아갔습니다. 대기업 사장은 금방 물건을 알아보고 그가 원하는 것은 무엇이든 해주었습니다.

대기업에서 물건을 양산 판매하자 물건은 정신없이 잘 팔렸습니다. 그 반면에 부자 회사의 로봇은 거의 판매되지 않았고 부속 기어만 팔렸습니다.

무거운 짐

골짜기에 농사를 짓는 농부가 있었습니다. 농부는 열심히 농사를 지어도 항상 막판에 불어오는 태풍의 바람 때문에 골치를 썩이었습니다. 추수되어갈 즈음에 불어온 태풍은 언제나 곡식에 해를 줬습니다. 곡식을 넘어뜨리거나 낱알을 흩뿌리고 비를 몰아 물속에 작물을 잠기게 했습니다.

농부는 연구하다 농토의 둘레에 나무를 심기 시작했습니다. 간격을 맞춰 심은 나무는 잘 자랐습니다. 농부는 나무 안쪽의 농토를 항상 보살폈습니다. 그러나 농토 밖은 쳐다보지도 않았습니다. 그러자 나무 둘레 뒤쪽에서는 칡이나 댕댕이넝쿨, 등나무 같은 넝쿨 식물들이 제멋대로 자라기 시작했습니다. 농부는 생각했습니다.

'저 넝쿨들이 이 나무 저 나무를 감싸면 좋은 가림막 울타리가 되어 바람은 한점도 들어오지 못할 거야.'

농부는 담쟁이 넝쿨 같은 넝쿨이란 넝쿨은 모두 나무 위로 올려 나무를 타도록 하였습니다. 그리고 해마다 나무 울타리 근처에 호박도

심었습니다. 호박 넝쿨이 점차 자라나자 농부는 울타리 나무로 올렸습니다. 호박이 여기저기 주렁주렁 열리자 나무는 무게를 못 이겨 곧 쓰러질 것만 같았습니다. 그래도 농부는 해마다 나무 근처에 호박들을 많이 심어 넝쿨을 나무 위로 올렸습니다.

몇 년이 지나자 심었던 나무들은 정말 멋진 울타리가 되었습니다. 또한 확실하게 울타리들은 바람을 막아주는 것이었습니다.

어느 날입니다. 더운 여름날 커다란 태풍이 이 골짜기로 몰려왔습니다. 태풍은 바람도 거세고 비도 많았습니다. 농부는 배수로만 손보고 집으로 돌아갔습니다. 바람은 나무가 잘 막아주리라 생각했습니다. 그런데 몰려온 바람이 막아선 방풍림을 치기 시작했습니다. 그러자 이곳저곳에서 '따닥, 딱'하며 무거운 넝쿨 짐을 진 나무들이 꺾이어 넘어졌습니다. 퍼붓는 거센 빗줄기는 하천을 이루며 부러진 나무들을 흘러내렸습니다. 하지만 작은 나무나 덜 자란 나무들은 끄떡없었습니다.

두 여종

어느 부잣집에 여종이 두 사람 있었습니다. 두 여종은 주인이 시키는 일은 무엇이든 열심히 하려고 했습니다.

어느 날부터 주인은 장사를 떠날 준비를 하였습니다. 이번에 나가는 장사는 세상 사는 이치도 알려는 거지만 물건을 사고파는 데 큰돈이 오가는 큰 장사였습니다. 주인은 어느 여종을 데려갈까 고민했습니다. 이번에 큰돈을 벌면 같이 간 여종을 결혼까지 시켜주리라 맘먹고 실험을 하게 되었습니다.

그래서 주인은 두 개의 쟁반 밑에 조그만 껌을 붙여놨습니다. 두 여종의 지혜를 보기 위함입니다.

첫째 여종은 몇 번을 씻어도 껌이 잘 씻어지지 않고 검게 묻자 그대로 사용했습니다. 씻는 것을 포기했지만 쟁반 밑이라서 아무도 모를 거로 생각했습니다.

둘째 여종은 껌이 잘 떨어지지 않자 고운 흙을 한 움큼 집어다 문질렀습니다. 그러자 껌은 말끔히 지워졌고 쟁반은 오히려 광택이 났습니다.

며칠이 지나자 이번엔 주인이 새카맣게 그을린 주전자를 내놓으며

"이 주전자를 내일 저녁까지 새것처럼 깨끗하게 광이 나도록 해 놓아라."

라고 하였습니다. 현실에 대처하는 순발력을 보기 위함입니다.

첫째 여종은 밤이나 낮이나 주전자를 닦았습니다. 그러자 주전자는 깨끗하고 하얗게 광이 났습니다. 그래도 새것처럼 보이지는 않았습니다.

둘째 여종은 몇 번 닦다가 주전자에 씨앗을 담아 광에 넣고 시장으로 가 똑같은 주전자를 사 왔습니다. 새 주전자는 광이 번쩍번쩍했습니다. 그리고 남는 시간에 다른 일을 했습니다.

또 며칠이 지났습니다.

이번에 주인은 두 여종이 잠자는 머리맡에 똑같은 액수의 돈을 놔뒀습니다. 돈을 얼마나 소중히 여기는지를 시험하는 것입니다.

"이 돈은 거저 주는 것이니 마음대로 해라."

첫째 여종은 편지를 읽고 아주 좋아하며 그 돈으로 입고 싶은 옷을 이것저것 사고 화장품처럼 치장하는 데 썼습니다. 그러자 무척 이뻐졌습니다. 주인이 예쁜 자기를 데려갈 거라고 믿었습니다.

둘째 여종은 그 돈을 모두 은행에 저금했습니다. 밥 먹고 잠자는 것을 주인집에서 하니 돈 쓸 곳이 없었고 은행에서는 이자가 붙어 돈이 늘었습니다.

떠날 때가 되었습니다. 주인은 둘째 여종을 데리고 장사를 떠났습니

다. 둘째 여종은 주인을 도와 재치있게 장사를 잘하였습니다. 주인은 돈을 많이 벌어 집에 돌아오자 혼수를 푸짐하게 하여 둘째 여종을 결혼시켜 주었습니다.

형아의 연

아이는 형이 날리는 연이 무척이나 갖고 싶었습니다. 엄마가 아이에게도 사줬지만 아이는 가지고 놀다가 그 연을 망가트린 지 이미 오래됐습니다. 형이 줄을 감으며 하늘 높이 띄우는 연을 보면 부러워 엄마에게 수차례 한 개 더 사달라고 졸라도 다음 달에 사준다고 미루는 것입니다.

학교에서 돌아온 아이는 형의 연을 가지고 둔치로 나왔습니다. 형이 학교에서 돌아오려면 아직 한참 멀었기 때문에 놀다 제자리에 갖다 놓으면 되리라 생각되었습니다.

아이는 연줄을 풀며 달렸습니다. 그러자 연이 떠오르기 시작합니다. 이때가 제일 중요합니다. 계속 빠른 속도를 유지하며 달릴 때 연이 솟으면 잽싸게 줄을 당기고 더 솟아오르면 풀어줘야 합니다. 드디어 연이 하늘에 바로 서서 춤을 추자 아이는 멈추어 줄을 살살 풀고 또 당기며 연만 쳐다봤습니다. 가끔 불어오는 바람에 연이 자리를 바꾸거나 고꾸라지면 한 손으로는 얼레를 또 한 손으로는 줄을 잡아줍니다. 연이 밑으로 떨어지면 당기고 솟으면 풀어주는데 아이는 신이 났습니다.

그때입니다. 갑자기 불어오는 바람에 연이 한쪽으로 옮겨 갔습니다. 그쪽은 나무들이 있기에 아이는 멀리 떨어지려고 자리를 옮겼습니다. 잠시 풀밭을 보며 자리를 옮긴 아이가 하늘의 연을 쳐다봤을 때는 연줄이 나뭇가지 사이에 낀 후였습니다. 큰일 났습니다.

이대로 날리기를 계속하면 연줄은 끊어지거나 끊어지지 않더라도 나중에 얼레에 줄을 감아 내릴 때는 연이 나뭇가지에 얹히게 됩니다. 아이는 어찌할 바를 몰랐습니다. 형이 화를 내며 주먹을 쥐고 달려올 것만 같았습니다. 아이는 하늘의 연은 보지 않고 집 쪽만 쳐다봤습니다. 형이 오는지 살피는 것입니다. 이러지도 저러지도 못할 때입니다. 저쪽에서 한 아이의 손을 잡고 어른 한 분이 이쪽으로 천천히 걸어오는 것입니다. 아이는 울상이 되어

"아저씨, 이 연줄 좀 나무에서 빼주세요."

아저씨는 연줄을 따라 하늘까지 '쓱' 보더니

"응? 나뭇가지 사이로 연줄이 들어갔구나. 어디 이리 줘보렴."

어른은 얼레를 받아 한 손으로 줄을 당기거나 주기도 하고 가지 끝쪽으로 옮기기를 몇 번을 하다 드디어 줄을 빼냈습니다. 연줄을 넘겨주며 어른은 이렇게 말했습니다.

"애야, 그냥 당기기만 하면 줄이 끊어지거나 꼬일 수가 있거든. 살살 당겨도 보고 옆으로 빼보기도 하며 줄을 풀어줘 보기도 하면 어쩌다 빠지는 수가 있단다……. 엉킨 실타래는 무조건 당기기만 하면 끊어진단다. 살살 당겨도 보고 풀어줘도 보며 옆으로 튕기기도 하지만 때로

는 빼보기도 해야 엉킨 실타래가 풀리는 것처럼 세상일도 다 그래야만 풀어지는 것이란다."

아이는 줄을 감아 연을 내려 들고는 형이 오기 전에 집으로 향했습니다. 그리고 있던 자리에 연을 올려놓았습니다.

기회주의

　높은 곳에서 일을 아주 완벽히 잘하는 사람이 있었습니다. 그는 아주 높은 교회의 탑 위에서 십자가를 설치하거나 반짝이는 점멸등도 잘 달았습니다. 크리스마스나 연말이 다가오면 이곳저곳에 끈을 묶고 전선을 늘어뜨려 능숙하게 설치했고 그는 정신없이 바빴습니다. 그는 교회 일을 하다 보니 일요일이면 교회를 나갔습니다. 교회는 다른 교회에 그를 소개해 주니 그는 일이 넘쳤습니다. 하지만 연말이 가고 새해가 되면 그의 일은 끝났습니다. 교회에서 할 일이 끝났기 때문입니다.

　그는 '고공 작업 전문점'이라는 점포를 냈습니다. 그러자 가끔 높은 아파트 공사장이나 전기 철탑 공사장에서 어쩌다 일이 들어올 뿐이었습니다.

　달이 가고 4월이 되었습니다.

　어느 날, 절의 스님에게서 그에게 연락이 왔습니다.

　"부처님 오신 날을 기리는 현수막을 달고 등불 다는 줄을 매어주시오."

하는 것이었습니다. 그는 할 일도 없는지라 절에 가서 일했습니다. 절에서도 그에게 신도가 되어 부처님을 공양하라고 요구했습니다. 그는 절에도 나갔습니다. 일을 많이 하기 위해 일요일은 교회를, 하지나 동지 중양절에는 절에 가서 불공을 드렸습니다. 그러자 절에서도 다른 절로 소개를 하였습니다. 그래서 부처님 오신 날이 든 달에는 또 정신 없이 바빴고, 그는 돈을 많이 벌었습니다.

어느 날입니다.

어떤 교회의 종탑 위 십자가에 불이 들어오지 않았습니다. 그 교회 목사님이 그에게 전화했습니다. 불을 고치기 위해섭니다. 그러나 그는 갈 수가 없었습니다. 그는 절에서 받은 일을 하고 있었기 때문입니다.

"일주일이 넘어서야 갈 수 있습니다."

이 말을 전화로 들은 목사님이 답답해 그의 집을 찾았습니다. 일주일 동안 교회의 간판에 불을 켜지 않을 수가 없기 때문입니다. 왜 그런지 영문이나 알아보기 위해 목사님이 집안에 들어서자 방안 여기저기에 등이 가득했습니다. 절에서 다는 희거나 붉고 노란 등이 집안에 수북하고 그는 등 속에 파묻혀서 일하고 있는 것이었습니다.

어떤 고양이

야트막한 언덕 위에 창고 같은 집이 세워졌습니다. 그리고 몇 사람이 이곳으로 출근을 하며 여러 가지 집기와 기구, 살림살이를 날라왔습니다. 그들은 이곳 창고 같은 건물에서 무언가를 연구하고 실험을 했습니다. 그런데 언제부터인지 쥐들이 연구소 안을 돌아다니며 호스를 갉아놓거나 사람들이 먹으려는 빵이나 식량 통을 드나들며 구멍을 내는 것입니다. 그러자 한 사람이 고양이를 한 마리 사다 키우기 시작했습니다.

고양이는 사람들의 보살핌 속에 무럭무럭 잘 자랐습니다. 그런데 여러 사람이 한 마리의 고양이를 보살피다 보니 고양이는 힘들여 쥐를 잡지 않았습니다. 그리고 사람들만 따라다니며 애교를 부려 음식을 얻어먹는 것입니다. 고양이는 살이 쪄 통통해졌습니다. 보다 못한 연구소 사람들은 먹이를 하루 한 번만 주며 먹이 주는 사람도 정했습니다. 그러자 고양이는 배가 조금 고팠습니다. 그래도 고양이는 돌아다니며 먹을 것은 찾지만 쥐는 잡지 않았습니다. 할 수 없이 사람들은 고양이를 애완동물로 키웠습니다. 또 쥐를 잡기 위해 다른 방법을 써야 했습니다. 쥐덫이나 쥐약을 놓아 쥐들을 없애기 시작했고 그런 날은 고양이도 광 속에 가두어두곤 했습니다.

그렇게 1년여가 지난 어느 날입니다. 연구소가 폐쇄되었습니다. 연구 실적이 좋지 않아 연구소가 문을 닫은 것입니다. 커다란 트럭이 와서 짐을 모두 싣고 갔습니다. 사람들도 언덕을 내려가 뿔뿔이 흩어졌습니다.

언덕 숲속에서 놀다 돌아온 고양이는 닫힌 문을 보고 "야옹야옹" 하며 사람들이 나오기만 기다렸습니다. 그러나 하루가 가고 이틀이 가도 닫힌 문은 열리지 않고 사람도 나타나지 않았습니다.

고양이는 배가 고프고 목이 말랐습니다. 그래도 고양이는 밥을 주는 사람이 오기만 기다렸습니다.

3일이 지났습니다. 고양이는 움직이기도 싫었습니다. 쥐를 잡거나 죽은 짐승이라도 찾아야 하지만 고양이는 오로지 연구소 사람들만을 기다렸습니다. 쥐는 한 번도 잡아보지 않아서 쥐나 청설모, 다람쥐, 뱀, 토끼가 무서웠습니다. 오늘도 사람을 기다렸지만, 사람은 그림자도 얼씬하지 않았습니다.

"야옹, 야옹!"

고양이는 울기만 했습니다.

5일이 지나자 고양이는 삐쩍 말라 뼈만 남게 되었습니다. 목 안이 타는 것 같아 물이라도 마시고 싶지만, 물도 없습니다. 마당의 수도꼭지를 누르면 물이 나오고 들면 그치는데 고양이는 할 줄을 몰랐습니다. 이제껏 주는 것만 먹으며 모든 세상 이치를 단 한 가지도 배우거나 익히려고 하지 않았기 때문입니다.

찌르는 가시

한 사람이 아침에 길을 나섰습니다. 잠시 볼일을 보고 오려는 것입니다. 그런데 얼마 가지 않아 발바닥을 무언가가 걸음을 디딜 때마다 찔렀습니다. 그렇다고 걷지 못할 정도는 아니지만 계속 신경이 쓰였습니다.

이 사람은 쉬는 척하며 사람들이 없는 곳에서 신발을 벗고 신발의 찌르는 곳을 중심으로 바닥이며 안쪽에 손을 넣어 살폈습니다. 그러나 아무리 곳곳을 살펴보며 신발 속을 문질러 봐도 발바닥을 찌를만한 것은 없었습니다. 그의 생각은 분명히 아침에 갈아신은 양말이 문제였습니다.

일을 마치고 돌아온 사람은 양말부터 벗어 쓰레기통에 버렸습니다. 그렇지 않아도 양말이 낡아 버리려던 참인데 아주 잘 됐다고 생각했습니다. 버리고 나니 찌르는 것도 없고 기분이 좋았습니다.

오후에 이 사람은 다시 길을 떠났습니다. 그런데 한참을 걷는데 또다시 무언가가 발바닥을 찌르는 것입니다. 걸을 때마다 따끔거리는 것이 아침에 걸을 때와 똑같이 그 자리였습니다.

그는 다시 사람들이 뜸한 곳에서 신발을 벗어 살피고 새로 신은 양말도 이리저리 문지르며 찌르는 곳을 잡아 당겨보았습니다.

한참을 그렇게 하던 그 사람은 다시 길을 계속 갔습니다. 그런데 처음에는 아무렇지 않던 발바닥이 또 무언가 찌르기 시작했습니다. 그 사람은 미칠 것만 같았습니다. 자꾸만 찌르는 곳으로 정신이 팔렸습니다. 이제는 그 자리가 아파져 왔습니다. 그래도 참고 볼일을 본 후 집에 돌아왔습니다. 생각해 보니 찌르는 것이 양말은 아니었습니다.

집에 돌아온 그 사람은 신발을 벗어 쓰레기통에 버렸습니다. 산 지도 얼마 안 되어 색깔도 선명했지만, 너무 화가 났습니다. 더욱이 신발에 꽂힌 가시를 빼려 해도 보이지 않는 것이 더욱 기분 나빴습니다. 샤워하고 맨발로 집안을 걸어 다녔지만 더는 발바닥을 찌르는 가시가 없었습니다. 역시 신발이 문제였습니다.

다음날 이 사람은 새 신발을 사 신고 길을 떠났습니다. 허, 그런데 또 무언가가 그 자리를 찌르는 것입니다. 미치고 팔딱 뛸 노릇입니다. 이제 생각해 보니 발바닥에 무언가가 꽂혀있는 모양입니다. 그렇다고 발바닥을 깎을 수도 없고 발목을 자를 수도 없었습니다.

'어째서 아무렇지도 않다가 길만 나서면 찌른단 말인가?'

천천히 조심하며 집으로 돌아온 그는 발바닥을 살폈습니다. 하지만 발바닥은 아무렇지도 않았습니다. 기가 막힐 노릇입니다. 물을 벌컥벌컥 들이켜며 마음을 가라앉힌 그는 돋보기 확대경을 가져다가 발바닥을 살펴보았습니다. 여긴지, 저긴지 지금은 아프지 않으니 아픈 곳도 잘 모를 지경입니다.

그렇게 한참을 살피던 그의 눈에 무언가 드러났습니다. 발바닥에 꽂혀있는, 그것도 아주 미세한 투명 플라스틱 가루였습니다. 그것이 발바닥에 살짝 박혀 전혀 눈에 보이지 않았던 것입니다. 자세히 보니 그 자리만 약간 붉은 색이었기에 금방 빼낼 수 있었습니다.

그제야 그는 양말과 신발을 버린 것에 대해 후회를 하게 되었습니다.

4부

번개와 형제들

봄, 여름, 가을, 겨울

봄, 여름, 가을 그리고 겨울이 달 밝은 가을밤에 한자리에 모여 회식을 하게 되었습니다. 맡은바 계절들은 서로 위로나 격려 그리고 잘못을 지적하는 자리입니다. 먼저 봄이

"나는 북쪽에서 불어오는 찬 바람 속에서도 땅을 녹여 모든 생물의 싹을 틔운다네. 따뜻하게 땅을 감싸면 땅은 눈이 녹고 물에서는 얼음이 녹는다네. 거기에 따뜻한 봄바람을 불게 하면 길에서는 아지랑이가 오르고 돋아난 싹은 자라서 꽃을 피우지. 또 죽었던 것 같던 나무들도 잎이 돋고 새순을 키워 나무들도 커간다네. 참으로 봄은 만물이 소생하는 계절로써 아름답다네."

그러자 이번에는 여름이 말했습니다.

"여름은 만물의 성장을 주도한다네. 잎을 우거지게 하고 열매를 크게 하며 풀들이 번식할 수 있도록 비를 뿌려주지. 때로는 생물이 너무 번성했다 싶으면 태풍으로 낙화를 만들고 풀이나 곡식을 쓰러뜨려 평준화를 시키지. 그렇지만 태풍을 자주 일으키면 온 땅과 바다가 들썩

여 큰 피해를 줌으로 신중하게 한다네. 내가 세상을 이처럼 푸르게 만들고 잘 자라게 하니 나야말로 제일 멋지지 않은가?"

그러자 가을이 말했습니다.

"여러분들이 하는 일이 대단히 중요하지만 나만 하겠는가? 난 말이야 자란 곡식들을 여물게 한다네. 봄에 싹을 틔우고 여름에 잘 자란다 해서 열매가 익지 않거나 여물지 않는다면 무슨 소용인가? 자고로 시작이 있으면 끝이 있는 것이라네. 해가 끝나 갈 때쯤이면 나무나 풀들이 쉬도록 나는 잎까지 단풍 물을 들여 떨군다네. 또 씨앗이 멀리 날리도록 바람도 적당히 불어주니 세상의 일을 내가 마무리 짓는 셈이지. 이 얼마나 가을이 중요한가?"

이번에는 겨울이 입을 열었습니다.

"난 북쪽에서 찬 바람을 불게 하지. 때로는 눈을 며칠씩 내려 세상을 꼼짝 못 하게 해. 그러면 세상 만물이 찍소리 못하고 조용해져."

이때 봄, 여름, 가을이 겨울을 향해 모두 외쳤습니다.

"겨울은 일하는 게 하나도 없어. 찬 바람과 눈만 오면 뭐 해? 생물을 키울 생각은 안 하고 꼼짝 못 하게 하여 동물들을 굶게 하고, 겨울잠을 자게 하며, 우리가 애써 키운 씨앗들도 얼어 죽게 하니 겨울은 없느니만 못해."

모두가 겨울을 보고 한마디씩 하므로 겨울은 기가 죽었습니다. 더 말을 하면 여기저기서 벌떼처럼 말들을 할 것만 같아서 말도 못 하고 겨울은 시무룩하여 집으로 돌아왔습니다. 그리고 집에서 아무 일도 하지 않고 시간만 보냈습니다. 그러자 겨울이라는 계절이 다가와도 가을

처럼 푸른 잎과 누런 풀들이 무성했습니다. 마르지도 않고 나무들은 계속 잎을 틔우고 꽃도 피웠습니다.

그렇게 새해가 밝았습니다.

봄은 열심히 일하려 했습니다. 마른 땅에서 꽃을 피우고 나무의 새싹을 피워야 하지만 겨울에 떨어져야 할 잎들이 그대로 있고, 풀들도 죽어 썩지 않고 그대로 있어서 도저히 일할 수가 없었습니다.

그렇게 시간이 가고 여름이 왔습니다. 여름은 더운 바람을 일으키고 비를 뿌렸지만, 새싹은 큰 나무에 가려 크지 않았고 큰 나무들은 병이 들어 태풍에 넘어지거나 꺾이곤 했습니다. 식물 모두 병이 들었는데 겨울에 얼어 죽지 않은 해충이 바글바글했습니다.

시간이 흐르고 가을이 왔습니다.

가을은 낙엽을 만들고 초목을 누렇게 하려 했지만, 어느 잎이 작년

것인지, 올해에 자란 풀인지 구별을 할 수가 없었습니다. 과일도 지금 영그는 것이 있는데 익어 떨어지는 것도 있었습니다. 겨울이 찬 바람을 불어주고 눈을 내려야 하는데 겨울은 집에 틀어박혀 일하려 하지 않았습니다.

그제야 봄, 여름, 가을은 겨울에게 사과하고 도움을 정했습니다.

"겨울아, 미안해. 네가 하는 일이 이처럼 중요한지 몰랐어. 네가 일을 하지 않으니 우리도 못 하게 됐어. 제발 네 할 일을 해주렴."

이렇게 사과하는 말을 들은 겨울은 기분이 좋아졌습니다.

"알았어. 지금부터 일할게. 나도 내 할 일이 있다는 것이 너무 좋아."

겨울은 벌떡 일어나 북쪽의 찬 바람을 냅다 불었습니다. 그러자 가을의 울긋불긋한 잎들이 우수수 떨어졌습니다.

"겨울아, 잘한다."

모두 박수를 치며 겨울에게 진심으로 고마움을 표했습니다. 그러자 겨울은

"이제 일주일 후에 얼음을 얼리고 10일 뒤에는 눈을 내려 줄게."

하고 말했습니다.

"어, 그래 알았어."

그 후로 봄, 여름, 가을은 겨울이 꼭 있어야 한다고 생각하게 되었답니다.

참외와 강아지

큰 개 한 마리가 있었습니다. 이 개는 늙은 데다 다리를 절어 달릴 수 없으므로 사냥도 못 합니다. 그래서 죽은 고기나 다른 짐승이 먹고 버린 음식을 주워 먹고 살았습니다. 그날도 배가 고파 며칠 전에 봐둔 참외밭으로 가고 있었습니다. 참외는 개가 좋아하는 먹이가 아니지만, 배가 고프니 먹을 수밖에 없습니다.

그때였습니다. 어디선가 '낑, 낑'하는 소리가 들렸습니다. 큰 개는 이상하여 주위를 둘러보았습니다. 그러자 저쪽 바위의 오목한 곳에 강아지가 다섯 마리나 있는데 애처로운 표정을 지으며 늙은 개를 쳐다보고 있었습니다. 제법 큰 걸 보니 어미 개는 새끼들을 버리고 떠난 듯합니다.

늙은 개는 생각했습니다.

'봄에 태어난 새끼가 독립할 때가 되어 어미가 떠났구나. 그렇다면 나도 모른 척해야 해. 저희가 알아서 살아가야지. 난 사냥도 못 하는데 내가 떠안을 필요도 없어.'

늙은 개는 못 본 척 걸었습니다. 이제 참외밭도 5분 정도만 가면 됩니다. 그때 갑자기 '낑낑'하며 새끼들이 뒤에서 달려와 늙은 개의 젖을 물고 늘어졌습니다. 젖도 나오지 않지만, 너무 아파 늙은 개는 돌아서며 '으르렁' 하고 이빨을 보였습니다. 새끼들은 깜짝 놀라 뒤로 물러섰습니다. 어미 젖을 물때 아프게 문다면 이빨이 다 나서 사냥할 시기가 된 것입니다. 그러나 놀라서 '벌벌' 떠는 새끼들의 모습을 본 늙은 개는 차마 불쌍한 강아지들을 물지 못하고

"따라오지 마. 너희는 이제 스스로 먹이를 찾아야 할 나이야."

그래도 새끼들은 한 발 뒤에서 자꾸만 따라왔습니다.

"왜 자꾸만 날 따라오는 거야. 난 사냥도 못 한단 말이야. 너희 엄마에게 가면 되잖아."

"며칠 전부터 '집을 나가 살라.'더니 엄마는 집에 들어오지 않아요."

"우린 배가 고파요."

"나도요."

"나도요."

모두 눈물을 글썽이며 늙은 개를 쳐다보는 것이었습니다. 늙은 개는 난처했습니다. 모르는 척해야만 새끼들은 사냥을 습득하며 스스로 살아갈 것이지만 어린 것들을 보니 마음이 아팠습니다. '오죽하면 어미가 집을 나갔을까. 나도 새끼를 낳아 키워봤지만, 저 때는 모른 척해야 홀로 먹이 구하는 방법을 터득할 거야.'

늙은 개는 돌아서 천천히 걸음을 떼자 강아지들 역시 천천히 따라왔습니다. 걸으며 생각하던 늙은 개는 '그래 참외라도 먹이자.' 생각했습

니다. 늙은 개는 참외밭에 이르자 노란 참외를 한 개씩, 한 개씩 물어 뜯어 깨뜨렸습니다.

"자 다들 먹어라."

몇 개 딴 참외를 깨뜨리자 달콤한 냄새가 풍겼습니다. 배도 고프고 목도 말랐던 강아지들은 달려들어 정신없이 참외를 먹었습니다.

'호랑이는 새끼를 나면 제 새끼를 벼랑에서 던진다는데 그것은 강한 놈만 강하게 키우려는 어미 호랑이의 교육법이야. 저 강아지들도 훗날에 배고프고 목마를 때면 여름철에 익는 참외도 요기가 된다는 것을 알게 되겠지!'

강아지들이 참외에 정신을 팔 때 늙은 개는 슬그머니 뒤로 물러났습니다. 그리고는 아픈 다리를 부지런히 움직이며 조용히 그 자리를 벗어났습니다. 강아지들은 먹느라고 아무도 눈치채지 못했습니다.

아직 후각이 발달하지 못한 강아지들은 늙은 개를 이곳에서 더는 찾아내지 못할 것입니다.

앞으로도 강아지들은 엄마를 찾아 헤매거나, 누구의 도움을 받으러 헤매거나, 냄새로 먹이를 찾아 헤매야만 할 것입니다.

수수와 율무

넓은 밭의 수수들은 키가 2m가 되었습니다. 늘씬하게 크고 붉은빛을 띤 수숫대들은 바람이 불 때마다 이리저리 일렁거렸습니다. 새들은 이 수수밭을 좋아합니다. 고개를 숙이고 있는 수숫대 목에 앉아 수수 낟알들을 쪼아 먹을 수 있기 때문입니다. 새들이 오면 모든 수수는 슬퍼집니다. 열심히 키운 낟알들을 새들이 까먹고 가기 때문입니다.

수수밭의 한쪽에는 율무가 자라고 있습니다. 율무 대는 키가 수수의 반밖에 되지 않습니다. 그래서 수수는 항상 키 작은 율무를 깔보며 괴롭히곤 했습니다. 그래도 율무들은 항상 수숫대를 보고 깍듯이 예의를 지키며 참았습니다.

가을이 왔습니다. 농부는 낫으로 수수와 율무를 함께 베었습니다. 베고 나면 다른 농부가 수수는 수수대로 율무는 율무대로 분리하여 쌓았습니다. 그런데 농부는 수숫단은 거들떠보지도 않고 율무만 모아 가져갔습니다. 율무의 낟알이 제법 많이 붙어있어서 율무만 곡식으로 사용하려 함입니다. 사실 새들이 키 큰 수수만 까먹고 저 밑에서 자라는 율무는 손대지 않는 것을 이용한 농부의 계략이었습니다.

이제 조금만 있으면 겨울입니다. 수수는 슬프고 무서웠습니다.

새들이 까먹고 간 자리는 수수 알도 몇 개씩밖에 붙어있지 않습니다. 밤이 되니 찬 바람만이 어둠 속 어디선가 불어왔습니다. 배고픈 여우와 늑대의 울음소리만 간간이 들려옵니다. 수수는 찬바람에 추위를 참으며 떨어야 했습니다. 그러면서 많은 생각을 했습니다.

'내가 율무를 너무 구박했어. 잘해주지 않아 벌을 받은 거야. 율무들이 예의를 갖추니 농부에게 사랑을 받는 걸 거야. 괜히 키 작다고 타박을 하고 무시했어. 다음부터는 율무에게 무조건 잘해 줄 거야.'

수수는 진심으로 뉘우쳤습니다. 다시는 모두를 깔보지 않으리라 맹세를 하며 후회했습니다.

그런 다음 날입니다.

농부가 낫을 들고 밭에 나타났습니다. 농부는 모든 수숫대의 위쪽을 자르기 시작했습니다. 그리고 자른 것을 모두 농가로 옮겼습니다. 한겨울 농한기에 빗자루를 삼기 위해서입니다. 이렇게 수숫대들은 빗자루로 다시 태어나게 되었습니다. 수수 빗자루들은 신이 나고 기뻤습니다. 이제부터 전국 곳곳으로 여행을 떠날 것이기 때문입니다. 그리고 빗자루를 아껴주는 이쁜 아가씨의 손에 들려 집 안 구석구석을 구경하며 깨끗하게 청소하는 일을 하게 될 것이기 때문입니다.

원숭이와 쥐

조그마한 섬 무인도에 원숭이 한 마리가 살고 있었습니다. 원숭이는 아침에 눈만 뜨면 먹이 사냥을 나섰습니다. 섬 주변을 어슬렁거리다가 파도에 밀려온 죽은 고기를 먹기도 하지만 모래사장이나 자갈밭을 손으로 파서 숨어있는 게나 조개를 잡아먹습니다. 그러다가 어느 정도 배가 차면 먹이를 잡아 모아 숲속의 집으로 가지고 돌아왔습니다. 원숭이가 사는 집은 돌이 움푹 들어간 바위입니다.

원숭이는 잡아 온 먹이를 항상 근처의 바위 위에 널어놨습니다. 그러면 그 먹이는 햇볕에 달구어진 돌 위에서 저절로 절반은 익었습니다. 원숭이는 숲속의 나무 위를 이리저리 돌아다니다 열매로 점심을 때웠습니다. 그리고 저녁이면 아침에 잡아 와 말린 먹이를 먹고 잠을 잤습니다. 그런데 원숭이는 먹고 남은 가시나 껍질을 바다나 저 멀리 버리지 않고 근처 아무 곳이나 던졌습니다.

어느 날입니다. 멀리에서 살던 들쥐가 먹이를 찾아 이곳으로 오게 되었습니다. 처음에는 여기저기 버려진 생선 가시를 주워 먹었으나 점점 가까이 오게 되니 바위 위에 널어놓은 근사한 먹이를 발견할 수 있었습니다.

그날도 숲에서 놀다 돌아온 원숭이가 저녁밥을 먹으려고 돌 위를 올려다보니 먹이가 보이지 않았습니다. 근처를 아무리 둘러보고 찾아봐도 먹이는 없었습니다. 어두워져 보이지 않아 지금 먹이를 구하러 갈 수도 없었습니다. 어쩔 수 없이 원숭이는 저녁 식사를 굶어야 했습니다. 그리고 내일 날이 밝으면 범인을 잡아 내리라고 각오를 했습니다.

다음날입니다. 원숭이가 바위 근처를 자세히 살피던 중에 새까만 쥐똥을 발견했습니다. 하지만 쥐가 어디 사는지도 모르고, 안다 해도 원숭이는 바위틈 속에 숨은 쥐를 잡아낼 수는 없었습니다.

쥐도 새도 모르게 살금살금 다가와 먹이를 먹고 가는 쥐 때문에 원숭이는 골치가 아팠습니다. 생각다 못한 원숭이는 먹이를 근처의 숲속 나뭇가지 위에 널었습니다. 그러자 한동안은 먹이가 그대로 있었지만 얼마 지나지 않아 개미가 새카맣게 붙더니 그것마저도 쥐가 찾아내 먹어버렸습니다.

이제 원숭이는 점점 더 멀리까지 가서 먹이를 저장해야 했고, 그만큼 쥐는 끈질기게 먹이를 찾아냈습니다. 이제 원숭이는 식사할 때마다 먹이를 구하여 즉시 먹어야만 했고 저장할 수는 없었습니다. 모든 일은 해가 지기 전에 해결해야만 했습니다.

물고기 나라

조그만 여(암초, 暗礁)가 있습니다. 이 여의 밑 물속에는 울퉁불퉁한 바위들이 제멋대로 뻗어있고 암벽도 있으며, 수중동굴도 여러 개 있었습니다. 그래서 많은 물고기가 살고 있습니다. 그중에 불볼락이라는 물고기가 떼를 지어 사는 천국이 바로 이곳이었습니다.

상어처럼 큰 고기나 사나운 물고기가 와도 바위틈이나 굴속에 은신하면 그만입니다. 바위에 가까이 와 봤자 바위틈에 숨은 작은 고기들을 어쩌지 못합니다. 그뿐이 아니고 바위틈에는 무수한 수초와 조개류 따개비들이 수두룩했습니다. 그렇게 먹이가 풍부하니 멀리 나갈 필요도 없이 물고기들은 물속 바위산에서 행복하게 살았습니다.

어느 날입니다.

물 위에서 통통거리는 뱃소리가 멎자 배에 탄 낚시꾼들이 새우를 연달아 내려보냈습니다. 모두 위를 보며 첨보는 맛있는 먹이를 보고 입맛을 다실 때였습니다. 나이깨나 먹고 몸집도 큰 물고기가 외쳤습니다.

"아무래도 이상하다. 저렇게 맛있어 보이는 먹이가 줄줄이 내려오다니. 조금 더 기다려 보자."

그러나 여러 물고기는

"야, 맛있겠다. 저런 먹이가 웬일로 여기까지 흘러왔지? 내가 먹어 봐야지."

젊은 물고기 한 마리가 달려들어 먹이를 챘습니다. 그렇지만 그 먹이에는 낚싯바늘이 숨어있었습니다. 물고 떨어지려고 흔들지만 젊은 물고기는 떨어지지 못하고 오직 흔들 뿐이었습니다. 마치 다른 물고기들이 보기에는 맛있는 먹이를 혼자서 물고 뜯으며 독차지하려는 것처럼 보였습니다. 그걸 보던 다른 물고기가 외쳤습니다.

"모두 달려들어 먹이를 먹읍시다. 그러나 다 먹지 말고 한 개씩 만 먹고 나머지는 다른 이에게 양보합시다."

그거 좋은 생각이라고 생각한 물고기들은 모두 먹이를 향해 달렸습니다. 그런데 그 먹이 속에는 작은 갈고리낚시가 들어있는 것을 아무도 몰랐습니다. 모두 달아나려 흔들어 보아도 떨어지질 않습니다. 낚싯바늘이 입가나 아가미를 뚫고 삐져나와 도저히 도망갈 수 없었습니다. 이리저리 빠져나가려고 흔들 때마다 다른 물고기들은 맛있는 먹이를 혼자 먹는 줄만 알았습니다. 비어있는 미끼 새우가 한들거리는 곳을 향해 물고기들은 놓칠세라 기를 쓰고 달려들었습니다.

강태공들은 낚시 열 개에 열 마리가 다 물고 줄을 흔들어대자 줄을 감아올리기 시작했습니다.

살아난 왕새우

커다란 논에는 새우들이 셀 수 없을 정도로 많이 살고 있었습니다. 이곳 새우들은 살아가는 데 아무런 걱정이 없었습니다. 때가 되면 사람이 먹이를 뿌려줍니다. 이 먹이는 맛도 있고 영양가도 높아 새우들은 아주 잘 먹습니다. 새우들은 수영도 하고 장난도 치며 무럭무럭 잘 자랐습니다. 이 논은 바로 새우 양식장입니다.

어느 날입니다. 몇 사람이 논 가에 서서 긴 그물을 끌었습니다. 그러자 수많은 새우가 그물 가운데로 모였습니다. 그리고 대부분 잡혀 그물 속으로 밀려 들어갔습니다.

새우들은 난리가 났습니다. 물이 없는 공중에 그물이 떠 올려지기 때문입니다. 모두 이리 뛰고 저리 뛰며 탈출을 하려고 사방으로 뛰었지만, 대부분이 제자리로 떨어졌습니다. 용케 그물 밖으로 탈출한 새우도 땅에 떨어지기 일쑤고 몇 번씩을 뛰어 물까지 돌아간 새우는 몇 마리 되지 않았습니다.

그런데 그 새우들 가운데에 아주 큰 새우가 한 마리 있었습니다. 바로 대왕 새우였습니다. 아까부터 대왕 새우는 눈동자도 움직이지 않고 몸을 축 늘어뜨린 채 꼼짝도 하지 않았습니다. 모두 이리저리 뛰다가 한 새우가

"대왕 새우님, 우리가 다 잡혀서 큰일 났어요."

그래도 대왕 새우는 말 한마디 없이 발가락 하나도 움직이지 않았습니다.

"어디 다치셨어요?"

그렇게 물어도 대왕 새우는 대꾸 한마디 없이 그대로 꼼짝하지 않았습니다.

양식장을 운영하는 사람들은 산 새우만 골라냈습니다. 공기 거품이 뽀글뽀글 오르는 커다란 물통에 골라낸 새우를 담았습니다. 그렇지만 죽거나 다친 새우들은 다시 논으로 던졌습니다. 근처 식당에 산 새우만 납품할 수 있기 때문입니다. 죽은척하던 대왕 새우도 논으로 던져졌습니다.

물속으로 던져진 대왕 새우는 다시 수영을 시작했습니다. 위기를 모면한 것입니다. 논으로 떨어진 죽은 새우나 움직이지 못하는 새우들은 진흙 속에 사는 미꾸라지들의 먹이가 되었습니다.

그물에서 걸리지 않거나 빠져나와 살아남은 새우들은 대왕 새우와 함께 다시 논 속에서 생활할 수 있었습니다.

번개와 형제들

하늘의 최고 우두머리인 옥황상제는 못된 사람들을 혼내주는 일을 할 직원을 뽑았습니다. 직원으로 자원한 신 중에는 번개가 있었습니다. 이 번개는 사방 하늘을 날며 번쩍번쩍 불빛을 내는데 인간들은 모두 무서워했습니다. 그래서 옥황상제는 번개를 뽑고 번개에게

"맘에 드는 부하 두엇을 더 뽑아 같이 일하도록 하여라."

이 명을 받은 번개는 놀고 있는 동생들이 생각나

"예, 그렇게 하겠나이다."

하고 돌아왔습니다. 번개에게는 안개와 무지개라는 '개'자 돌림의 두 동생이 있었습니다. 번개는 기회다 싶어 두 동생을 채용했습니다.

어느 날, 옥황상제가 세상에 비를 뿌려댔습니다. 그러자 번개가 나서서 이쪽저쪽 하늘을 번쩍이며 날아다녔습니다. 잠시 뒤에는 안개가 세상을 뿌옇게 만들었습니다. 그런데 옥황상제가 비를 그치기 전에 무지개가 움직이며 산마루에 일곱 색의 이쁜 무지개를 만들어 내는 것입니다. 옥황상제는 화가 나서 번개를 꾸짖었습니다.

"못된 사람을 혼내주라 했더니 내가 비를 그치지도 않았는데 안개를 피우고 무지개를 만들다니. 이런 고얀 것들이 있나. 안 되겠다. 못된 사람들을 응징하려면 더 무서워야 해. 번개는 앞으로 천둥과 벼락을 데리고 다니도록 해. 그리고 내가 비를 그치면 그때쯤 안개나 무지개가 나서도록 하라."

"예. 그리하겠나이다."

옥황상제가 비를 많이 뿌리면 어쩔 수 없이 번개는 천둥과 벼락을 데리고 다니며 못된 인간들을 혼내주는 것이었습니다. 이쪽에서 번쩍하면 천둥이 '꾸루루르릉' 소리를 내고 이따금 벼락이 '콰과광' 하며 불칼을 내리꽂았습니다.

번개는 놀다가도 옥황상제가 비만 내리면 비 오는 곳을 천둥, 벼락과 함께 날아다니며 일을 해야 했습니다. 그러나 옥황상제가 비를 그치면 그때부터 노는 시간입니다. 그렇게 한숨 돌리고 쉬자면 조용히 안개가 나타나 뿌옇게 연막을 피워댔습니다.

잠시 후에 해가 비구름 사이에 살며시 나타나면 안개가 물러나고 무지개가 산마루에 일곱 색을 불어넣어 예쁘고 커다란 원을 그리는 것이었습니다.

도마뱀의 만용

농부의 밭에는 나무가 많이 있습니다. 그중에 농부가 사는 집 근처의 큰나무에는 참새들도 많이 살고 있습니다. 참새들은 먹을 것이 풍부했습니다. 농부가 채소를 다듬거나 과일의 껍질을 나무 밑에 뿌리거나 묻기 때문입니다. 그러면 땅에서는 부패가 일어나며 벌레가 생기고 그 벌레를 잡아먹을 수 있습니다.

이 나무 밑 풀밭에는 도마뱀이 한 마리 살고 있습니다. 이 도마뱀도 벌레나 하루살이가 많아 채어 먹기 쉬웠습니다. 그런데 도마뱀에게는 한 가지 어려움이 있었는데, 그것은 물을 먹기 힘든 것입니다. 비가 오기 전에는 물을 먹고 싶어도 못 먹으니 도마뱀은 매우 괴로웠습니다.

어느 날입니다. 도마뱀은 참새들이 어찌 물을 먹는지 궁금했습니다. 그래서 나무 밑 풀밭에서 가만히 참새들을 관찰했습니다.

참새들은 벌레를 한 마리 잡아먹고 날아오르는 것입니다. 어디로 가는가 하고 보니 날아간 참새는 농부의 물뿌리개 통 위에 내려앉아 물을 한 모금 마시고 다시 오는 겁니다.

'아하! 그렇구나. 나도 목이 마르면 저곳으로 가야겠다.'

다음 날입니다. 하루살이 몇 마리를 잡아먹은 도마뱀은 물뿌리개 통으로 다가갔습니다. 타원형으로 된 원통 물뿌리개를 오르기는 쉽지 않았습니다. 파란 플라스틱 통은 미끄러워 오르기 힘들었지만, 이곳저곳을 디뎌보니 오를 수 있었습니다. 그런데 물통 주둥이에 올라보니 물이 안쪽 저 아래에 있었습니다. 고개를 아무리 숙여도 물이 혓바닥에 닿질 않았습니다. '방법이 없을까?' 궁리하던 도마뱀은 통속에 들어가 물을 마시고 나오기로 했습니다.

한 발씩을 내딛던 도마뱀은 막판에 '죽' 미끄러지며 통속에 빠졌습니다. 물이끼가 껴 조금 미끄러웠습니다.

물은 얼마든지 있었습니다. 실컷 물을 마신 도마뱀은 통 밖으로 나오려고 네 발을 부지런히 움직였습니다. 그러나 물통 안은 물이끼 때문에 미끄럽고 오목하게 휘어져 매달려 나오기가 쉽지 않았습니다. 네발 중 한 발을 떼면 두 발이 미끄러졌습니다. 발바닥에 물만 묻지 않아도 나오려 해보겠지만 도마뱀은 도저히 나올 수가 없었습니다. 나오려고 힘을 쓰면 쓸수록 몸은 점점 물속으로 가라앉았습니다.

말 안 듣는 소나무

솔방울에서 소나무 씨들이 바람에 날려 흩어지기 시작했습니다. 솔방울이 떨어지기도 하지만 얇은 씨앗만 빠져 바람에 날리기도 합니다. 씨앗들은 헤어지기 아쉬워하며 서로 인사를 했습니다.

"모두 잘 가. 난 저 참나무 근처에서 자랄 거야."

"그래, 너도 잘 가. 난 저쪽 큰 소나무 옆에서 보호받고 자랄 거야."

"난 저쪽 벼랑이 좋겠어. 전망이 기가 막힐 거야."

그때 막내 솔 씨는

"난 저쪽 마른 도랑에서 자랄 거야. 아무리 가물어도 어쩌다 비가 오면 도랑이라서 물은 흠뻑 마실 수 있어."

엄마 소나무가 이 말을 듣고

"안 된다. 거기는 물이 흐르는 길이라서 거길 막으면 안 돼."

"엄마, 괜찮아요. 제가 알아서 클게요."

막내 솔 씨는 기어이 마른 도랑으로 바람을 타고 날아갔습니다. 그리고 자리를 잡자 뿌리를 내렸습니다. 잡초 사이에서 솔 씨는 소나무로 점점 더 커졌습니다. 그렇게 몇 년이 지나자 어린 소나무는 어른 키보다도 더 커지고 가지도 무성해졌습니다.

어느 날입니다. 몇 사람이 연장을 가지고 도랑 위쪽에서 내려오며 도랑을 정리하는 것입니다. 그들은 큰 잡초나 나무, 또는 덩굴들을 자르거나 캐내며 점점 소나무에 가까이 왔습니다. 그중 한 사람이

"이보게들, 이 소나무를 캐려면 힘들겠는데."

"그렇다고 놔둘 수도 없잖아. 물길을 막으면 둑이 터질 수도 있어."

"캐야 하네. 가지가 무성해 물길을 다 막고 있네."

사람들은 톱과 낫 그리고 괭이를 치켜들고 소나무에 다가섰습니다.

덜익은 콩알

콩은 자라기가 너무 힘들었습니다. 지금 두 달째 비가 오지 않아 자랄 수가 없었습니다. 아침 이슬을 먹으며 어렵게 자라 드디어 한 송이 꽃을 피웠습니다. 그래도 비록 한 송이지만 벌이 왔다 가고 나비도 왔습니다. 이제 저 꽃이 지면 꼬투리가 생기고 그 속에 콩알이 들어설 것입니다.

콩 줄기는 꼬투리 속의 콩알을 여물게 하려고 있는 힘을 다하여 콩알들에 골고루 영양분을 공급했습니다. 콩알은 모두 네 알이지만 네 알 모두 잘 여물어 세상에 내보내고 싶었습니다.

땅은 가뭄으로 물기가 말라 먼지가 날 정도였습니다. 더위에 큰 나무들도 잎을 늘어뜨리고 '헉헉'댔습니다. 논바닥은 금이 가도록 물이 없어 갈라졌습니다. 뜨거운 태양은 오늘도 땅을 뜨겁게 달구었습니다. 콩 줄기는 몸이 말라비틀어져 갔지만 틈만 나면 콩알들에 간곡히 말했습니다.

"얘들아, 부지런히 보고 배워라. 저 밖의 세상은 살기가 너무 힘든 곳이란다. 너희들도 잘 자라 부지런히 보고 익혀야만 세상에서 잘 살아갈 수 있단다."

　앞의 콩 세 알은 엄마의 말을 듣고 열심히 바람이나 해님, 그리고 구름과 나무를 보며 대화도 하고 세상을 배웠습니다. 그런데 마지막 콩 한 알은 근처에서 돌아다니는 생쥐하고만 놀며 생쥐를 부러워했습니다.

　"넌 돌아다닐 수가 있구나. 그러면 세상의 모든 일을 보고 듣고 맛있는 것을 맛볼 수 있겠네. 난 네가 참으로 부러워."

　하며 생쥐하고만 놀았습니다.

　그러던 어느 날인가 콩 줄기는 드디어 말라버렸습니다. 그리고 며칠 후 콩 꼬투리는 '탁'하고 벌어졌습니다. 앞의 동그란 콩알들은 죽어라 하고 굴렀습니다. 힘주어 한참을 굴러서 한 알은 돌 틈에, 한 알은 논바닥의 갈라진 틈에, 나머지 한 알은 풀숲에 떨어졌습니다. 그런데 마지막 네 번째 알은 매일 놀다 보니 굴러갈 줄을 몰랐습니다. 애써 굴러보려 해도 다 여물지 못한 쭉정이라 굴러갈 수도 없었습니다.

　'에이 모르겠다. 그냥 이곳에 있자.'

　네 번째 콩알이 말라버린 콩 줄기 밑에서 더위를 참고 있을 때였습니다. 친구처럼 사귀던 생쥐가 다가왔습니다. 그리고 주위를 살펴보던 생쥐는 넷째 콩알을 발견했습니다. 가까이 다가간 생쥐는 말을 거는 콩알을 외면하고 오히려 콩알을 냉큼 주워 삼켜버렸습니다.

어떤 비닐 조각

　엄청난 양의 비닐은 태어나는 과정이 너무 힘들었습니다. 아주 뜨거운 가마에서 여러 과정의 기계를 거쳐 냉각되어 커다란 지관에 감겼습니다. 그렇게 세상에 나오니 밝은 태양이 따뜻이 비춰 주었습니다. 이제 비닐은 지관에 감긴 채 제각각 팔려갈 것입니다. 이 세상에 나오는 과정을 생각하면 그 힘든 과정이 생각하기도 싫었습니다.

　지관에 감긴 하나의 비닐이 팔려간 곳은 어느 공장입니다. 그 공장에서는 제품을 쌓고, 쌓인 제품들이 무너지거나 떨어지지 않도록 비닐로 빙빙 돌려 감아주는 것입니다. 그렇게 싸인 제품이 차에 실려 떠날 때 비닐도 함께 떠났습니다.

　제품을 받은 사람이 칼을 가지고 비닐을 여기저기 갈라 안의 제품들을 꺼냈습니다. 비닐은 몇 조각으로 찢어져 모으는 통에 버려졌습니다. 통 속에는 수많은 비닐이 벌써 모여 있었습니다. 그 통의 비닐들은 모여 다시 비닐 공장으로 갑니다. 거기서 액체로 되었다가 다시 태어나야만 합니다.

한 뭉치의 비닐이 통 속에서 생각했습니다.

'그처럼 힘들고 괴로운 과정을 또 당해야만 한단 말인가. 어디로 날아가 영원히 살 수는 없을까?'

그때 거센 바람이 불었습니다. 비닐은 이때다 싶어 얼른 바람에 올랐습니다. 이리저리 날던 비닐은 커다란 참나무 가지에 걸렸습니다. 시원한 바람이 불 때마다 '프르륵' 소리를 내며 비닐을 날렸습니다. 위치가 높은 곳이라서 멀리까지 아주 잘 보였습니다. 비닐은 매우 기분이 좋았습니다.

어느 날, 비바람이 거세게 불었습니다. 거센 바람에 비닐은 찢겨 나갈 것만 같았습니다. 이리저리 날리며 춤을 추어야만 했습니다. 참나무의 잎과 가지가 사정없이 비닐을 때렸습니다. 힘들고 정신이 없었습니다.

밤새도록 불던 바람이 그치자 시달리던 비닐은 축 늘어졌습니다. 그제야 깊은숨을 쉴 수 있었습니다.

겨울이 왔습니다. 불어오는 찬 바람에 눈을 못 뜰 지경인데 참나무 가지들은 흔들리는 대로 비닐을 때렸습니다. 비닐은 후회하기 시작했습니다.

'꾹 참고 다른 비닐들과 함께 재생 공장으로 갈걸.'

그날 밤에는 싸락눈까지 내려 오들오들 떨게 했습니다. 이런 날은 봄이 올 때까지 계속될 것입니다. 큰일입니다. 참나무 가지에 엉켜 빠질 수도 없습니다. 이제 가지가 부러지거나 참나무가 죽어 쓰러지기 전에는 땅에 내려올 수도 없습니다.

'아, 내가 생각을 잘 못 했어. 해마다 이런 일은 계속될 거야……. 세상의 모든 것들은 시련을 거쳐야 하는데 그땐 몰랐어. 아니, 싫었어.'

두 마리 학

계절은 봄이라도 불어오는 바람이 아직은 차갑지만, 이 능선과 골짜기에는 기계 소리가 시끄럽습니다. 골짜기가 메워지고 흙을 실은 덤프 트럭들이 줄지어 올라와 흙을 쏟아붓습니다. 어떤 곳은 메워지고, 어떤 곳은 연못이 되며, 어떤 곳은 나무를 심어 숲이 되었습니다. 작년 가을부터 시작한 공사가 이제 막바지입니다. 드디어 모든 곳에 잔디가 깔리고 연못에는 몇 종류의 물고기를 방류했습니다. 5km가 넘는 골프장이 새봄을 맞아 완성되기 직전입니다.

그런데 물고기 방류가 되고 며칠 지나지 않아 이곳에 하얗고 커다란 학 두 마리가 날아왔습니다. 학들은 이곳저곳에 있는 넓고 긴 연못에서 손쉽게 먹이를 잡아먹을 수 있었습니다. 먹이는 미꾸라지와 붕어, 잉어를 비롯해 다양했습니다.

두 마리 학은 부부였습니다. 멀리 날아다닐 필요도 없이 쉬운 먹잇감이 있는 골프장이 아주 맘에 들었습니다. 그래서 연못 근처에 있는 커다란 팽나무에 둥지를 틀었습니다. 반대쪽은 도로로 차량이 많이 다닙니다. 또 그쪽에는 높이가 40m가 되는 파이프 기둥에 초록색 그물이 처져 있습니다. 골프공이 날아가 차량을 때리는 것을 막기 위함입니다. 이 그물은 초속 8m의 바람이 불면 기계가 자동으로 '웅' 소리를 내며 내리고 올릴 수 있습니다.

골프장의 관계자들은 학이 골프장을 나닐며 근처에 자주 보이자 좋은 길조라며 골프장의 이름을 '쌍학 골프장'이라 지었습니다. 또 골프장의 마스코트를, 부리를 마주 대고 있는 학의 머리로 하고 명함의 마크도 이런 쌍 학의 모습을 박아 넣었습니다.

한 달이 지나자 골프장이 18홀까지 완성되고 사람들이 붐볐습니다. 사람들은 전동카트를 타고 골프장을 누볐고, 이 소리는 사람들의 떠드는 소리와 함께 시끄러웠습니다. 쉬는 날도 없이 골프장의 관리자들이 모터 소리를 내며 기계를 끌고 다녔기 때문입니다.

이때쯤 학 부부도 산란을 했습니다. 하얗고 둥근 알을 두 개나 낳았습니다. 암컷과 수컷은 번갈아 가며 소중한 알을 품고 지켰습니다. 한 마리가 알을 품으면 다른 한 마리는 둥지 근처의 나뭇가지에서 쉬거나 잠을 잤습니다. 그런 날이 흘러가고 이제 얼마 지나지 않으면 알에서 새끼가 나올 것입니다.

그날도 암컷이 알을 품고 수컷이 나뭇가지에서 쉬고 있을 때입니다.

"딱!"

하는 소리가 나더니 날아온 골프공이 둥지를 향했습니다. 그리고 저쪽에서

"O.B(정해 놓은 라인 밖으로 나간 골프공)네."

"에이, 그런 것 같네."

말이 끝나기도 전에

"파박."

하고 날아온 공은 둥지를 맞고 땅으로 떨어졌습니다. 그런데

"꽥, 꿰에엑!"

소리를 지르며 알을 품던 암컷 학이 하늘로 날아올랐습니다. 나뭇가지에 앉아 있던 수컷 학이 놀라 급히 암컷을 향해 날아갔습니다.

'꿰에엑, 꿰에엑!' 학은 날아가며 긴 부리를 벌리고 계속 울었습니다. 쉬지 않고 산을 넘어 한참을 멀리 날아가던 학이 드디어 어느 냇가의 돌 위에 내려앉았습니다. 수컷도 옆에 앉았습니다. 그런데 암컷 학이 이상했습니다. 다리가 아픈지 한쪽으로 몸도 기울었고 아직도 한쪽 다리를 '덜덜덜' 떨고 있습니다. 얼마나 아픈지 암컷 학은 얼굴을 찡그린 채 눈물을 흘리며 '헉헉' 거렸습니다.

조심스레 수컷은 말을 건넸습니다.

"많이 아픈 거야? 대체 어찌 된 거야?"

"다 봤으면서 그것도 몰라? 다리가 부러졌잖아……. 내가 뭐랬어! 여기는 사람이 많이 다니니 좋은 자리가 아니라고 했잖아!"

"그건 그렇지만 먹이 구하기가 쉬워 자식들이 태어나도 풍부한 먹이를 쉽게 잡을 것 같아서."

"몰라, 난 몰라. 당신이 알아서 해. 항상 내 말은 듣지 않고 자기 맘대로 모든 일을 결정했잖아. 난 떠날 거야. 난 이곳이 싫단 말이야. 이곳은 사람들도 많고 시끄러워 우리가 살 곳이 아니란 말이야……. 아! 괴로워. 이 부러진 다리로 앞날을 어찌 살아간 담."

말을 한 암컷은 눈물을 글썽이더니 또 날갯짓하며 저 멀리 날아갔습니다. 수컷도 괴로웠습니다. 그렇지만 암컷을 따라갈 수가 없었습니다. 무엇보다 알이 걱정이기 때문입니다. 따뜻이 품지 않으면 알은 골아버리거나 다 자란 알 속의 새끼는 알 속에서 얼어 죽기 때문입니다. 수컷은 오던 길로 되돌아갔습니다. 빨리 가서 알을 따뜻이 해줘야 새끼가 태어나기 때문입니다. 새끼들 걱정 때문에 암컷을 쫓아가서 달래는 것은 그다음의 일이었습니다.

그런데 이게 웬일입니까? 수컷 학이 둥지로 돌아와 보니 둥지의 알들은 이미 깨졌고 드러난 새끼들은 모두 죽어 있었습니다. 암컷이 공에 다리를 맞고 놀라 일어설 때 부러진 다리가 한 알을 튕기니 그 알이 굴러 다른 알을 친 것입니다. 그래서 두 알이 모두 깨졌습니다. 그 법석에 둥지 속의 학이 다 되어가던 새끼들은 찬 바람을 맞았습니다. 추위 속에 감싸주는 어미가 없자 아직 덜 자란 새끼들은 깨진 알 속에서 불쌍하게 그만 죽고 말았던 것입니다.

오늘도 골프장에는 사람들로 북적입니다. 그러나 그 후로 사람들은 아무도 더는 골프장에서 학을 볼 수 없었습니다. 말 없는 팽나무만이 빈 둥지를 잡고 있을 뿐입니다.

어디 있는지 모를 암컷 학을 찾아 오늘도 수컷은 수많은 이 땅의 산천을 헤매고 있습니다. 만난다는 확신과 기대를 하고 날갯짓을 합니다.

"꽥, 꿰엑! 어디에 있는 거니?"

알이 깨지고 새끼가 다 죽은 줄도 모르는 암컷 학은 아프지 않은 한쪽 다리로 어디에서 어떻게 살고 있는지 이제껏 아무도 모릅니다.

꾀꼬리의 소원

알에서 부화하여 자라나는 새끼 꾀꼬리는 근심 걱정이 없이 나날이 행복했습니다. 엄마와 아빠 꾀꼬리가 물어다 주는 먹이를 먹은 새끼 꾀꼬리는 점점 더 커갔습니다. 솜털도 모두 빠지고 그 자리를 샛노란 깃털이 새로 돋아나니 꾀꼬리는 아름다운 노랑 새가 되었습니다.

이웃집에서 마실 온 다른 꾀꼬리들도 새끼 꾀꼬리를 보고

"노란 털이 가지런하고 예쁘게 아주 잘 났네. 어쩌면 이리도 예쁠까?"

이렇게 칭찬을 하였습니다. 그러면서도 모든 꾀꼬리의 소원을 이야기하는 것입니다.

"이 아이도 눈 주위와 날개 끝부분에 검은 털이 났네. 검은 털 없이 태어나는 꾀꼬리는 없는가 봐. 검은 털이 없이 노란 털로 뒤덮인 샛노란 꾀꼬리는 이 세상에는 없는 모양이지."

"노란 꽃잎을 쉬지 않고 따먹으면 검은 털이 없어진다는데."

"나도 해봤는데 쉽지 않아. 꽃잎은 곤충보다 맛도 없고 소화도 잘 안

되어서 못 먹겠더라고."

모두 그런 이야기만 하다 돌아갔습니다.

어느덧 새끼 꾀꼬리는 나날이 비행 실력이 늘고 중심도 잘 잡으며 근처로 날아온 벌레도 잡을 수 있게 되었습니다. 그러자 어미 꾀꼬리는

"이제 네 힘으로 세상을 살아야 한다. 그동안 바람 부는 방향이나 나뭇가지의 흔들림을 통해 바람 세기를 알았으니 이제 나가 홀로 살 거라."

꾀꼬리 둥지 위치는 다른 새와는 달랐습니다. 다른 새는 V자로 갈라진 나뭇가지에 집을 짓지만, 꾀꼬리 둥지는 곁가지가 없이 매끈한 곳에 매달리는 집을 짓습니다. 또 그 집은 가느다란 가지 끝에 있어서 바람에 따라 흔들리므로 다른 짐승들의 접근도 어려웠습니다. 그렇게 힘든 곳에서 자라난 꾀꼬리는 집이 흔들리는 강도에 따라 날갯짓도 금방 배웠습니다.

드디어 새끼 꾀꼬리는 집을 떠나 멋지게 비행을 하였습니다. 한참을 날다 보니 절벽에서 뻗어난 감태나무(도리깨 나무)가 보였습니다. 절벽이다 보니 짐승의 위협도 없고 밑은 맑은 계곡물이 흘러 더없이 좋은 장소였습니다. 얼른 마른 풀과 마른 나뭇가지를 주워와 집을 짓기 시작했습니다.

목이 마르면 계곡물을 먹고 배가 고프면 풀씨를 따먹거나 풀밭의 곤충도 잡아먹었습니다. 그렇게 열심히 멋진 집을 다 짓자 피곤했습니다. 계곡 물가 자갈밭에 앉아 쉬던 꾀꼬리는 물에 비친 자신의 모습을

보고 깜짝 놀랐습니다. 이제껏 자신의 몸은 모두가 노란색으로 된 줄만 알았습니다. 그런데 눈 주변과 날개 끝 주위가 검은색이었던 것입니다.

'아, 난 우리 아빠와 엄마를 똑 닮았어. 난 잘못된 새야. 하지만 노란 꽃잎을 쉬지 않고 먹으면 검은 털이 없어진댔어. 그러면 난 아주 멋있어질 거야.'

하며 새끼 꾀꼬리는 검은 털이 없어지도록 노력할 것을 다짐했습니다.

며칠 후 집들이하던 날은 근처 새끼 꾀꼬리들이 다 모여들었습니다. 모여든 꾀꼬리들은 감태나무 주위에 모여앉아 덕담을 나눴습니다. 그런데 그때 새끼 꾀꼬리의 눈에 예쁜 암컷 꾀꼬리가 보였습니다. 새끼 꾀꼬리는 암컷에게 다가가

"너 나랑 사귈래?"

하고 물었습니다. 그러자 암컷 꾀꼬리는

"흥, 잘나지도 못한 게 별꼴이야."

하고는 멀리 날아갔습니다. 새끼 꾀꼬리는 슬펐습니다. 검은 털 때문이라고 생각했습니다. 어떡하면 검은 털을 없애고 샛노란 털로 온몸을 감쌀 수 있을지를 고민했습니다. 그래서 어른들의 말처럼 노란 꽃잎을 주식으로 따먹었습니다.

봄이면 개나리와 산수유 꽃잎을, 여름에는 노란 민들레나 물싸리꽃잎을 따먹었고, 가을에는 국화나 해바라기 꽃잎을 따먹었습니다. 심지어 밤에도 날아다니며 달맞이 꽃잎까지 따먹었습니다. 작은 벌레나 풀

씨는 조금만 먹고 노란 꽃잎만을 배부르게 따먹었습니다. 언젠가는 온몸이 노랑털로 바뀔 것이라고 믿었습니다. 가끔 물에 비친 자신의 몸을 보며 어서 검은 털이 빠지기만을 기다렸습니다.

어느 날입니다. 근처에 사는 꾀꼬리가 놀러 왔습니다. 그 꾀꼬리는 집에 들어서자마자

"킁킁, 이게 무슨 냄새지? 어디서 좋은 꽃향기가 나는데……. 아니, 이 냄새는 네 몸에서 나잖아? 야, 정말 냄새 좋다."

친구가 돌아가고 얼마 지나지 않아 꽃향기 소문이 퍼져 나갔습니다. 그러자 친구 꾀꼬리들이 모여들어 서로 냄새를 맡아보고 비결을 묻고는 돌아갔습니다. 모두 새끼 꾀꼬리를 부러워했습니다.

며칠 후에는 같이 사귀기를 거부했던 암컷도 소문을 듣고 찾아왔습니다. 암컷 꾀꼬리가 와 보니 소문은 사실이었습니다. 암컷 꾀꼬리는 마음이 변했습니다. 비록 검은 털은 그대로 있으나 화사한 꽃향기를 풍기는 새끼 꾀꼬리와 사귀기로 한 것입니다. 모든 꾀꼬리의 부러움을 받으며 새끼 꾀꼬리는 결혼식을 올렸습니다.

그런데 그 동네에서 새끼 꾀꼬리처럼 되고 싶은 꾀꼬리 한 마리가 있었습니다. 자기도 꽃잎만 먹으리라 맘을 먹고 씨앗이나 풀벌레를 먹고 싶어도 먹지 않았습니다. 무조건 노랑꽃만 찾아다니며 따먹곤 했습니다. 그렇게 몇 달이 지나자 부러워하던 꾀꼬리는 몸에 힘이 빠지는 걸 느꼈습니다. 씨앗이나 벌레를 아예 먹지 않고 꽃잎만 먹었기 때문입니다. 친구 꾀꼬리는 이상하여 물푸레나무의 둥지를 떠나 물가로 내려앉았습니다. 그런데 물에 비친 자신의 모습은 아직도 검은 털이 그

대로이고 바뀐 것은 하나도 없었습니다. 그렇다고 몸에서는 아직 꽃향기도 나지도 않았습니다. 모든 것이 괴로웠습니다. 풀벌레를 실컷 잡아먹고 싶어졌습니다. 얼마를 더 참고 꽃잎을 따먹어야 하는지 생각도 하기 싫었습니다. 그때였습니다. 문득 부러워하는 꾀꼬리의 머리를 스치는 한 가지 방법이 생각났습니다.

'그래, 바로 그거야.'

부러워하는 친구 꾀꼬리는 그날 날개 주위의 검은 털을 부리로 물고 옆으로 제쳤습니다. 따끔했지만 커다란 날개털이 뽑혔습니다. 안쪽의 작은 노란 털들이 보였습니다. 검은 날개털을 뽑는 것은 어렵지 않았습니다. 하루에 한두 개씩을 뽑다 보니 얼마 지나지 않아 날개 끝의 검은 색깔의 큰 털은 모두 없어졌습니다. 그렇지만 얼굴 주위의 검은 털만은 혼자서 뽑을 수가 없었습니다.

거울을 보고 매끈하게 털을 다듬은 친구 꾀꼬리는 드디어 바라던 소원대로 원하던 암컷 꾀꼬리에게 청혼했습니다. 청혼을 받은 암컷 꾀꼬리가 마음이 들떠 친구 꾀꼬리 집으로 날아왔습니다. 그런데 오자마자 암컷 꾀꼬리는 깜짝 놀라 소리쳤습니다.

"아니, 네 모습이 왜 이러니? 날개가 이상해."

"보기 좋잖아. 날개 끝의 검은 색도 하나도 없어. 노란색만 있으니 멋지지?"

"그게 아니고 이상하다니까. 큰 털이 있던 곳에 붉은색 살결이 이리저리 막 보여. 보기가 너무 흉해."

"왜 그래? 남들은 예쁘다는데."

"그러니? 그렇다면 예쁘다는 애들하고 잘 지내보렴."

암컷 꾀꼬리는 검은 날개를 펴며 날아가는 것입니다. 큰일 났다 싶은 친구 꾀꼬리는

"안돼. 가지 마."

소리치며 암컷 꾀꼬리를 붙잡으러 가기 위해 날개를 퍼덕였습니다. 그런데 이상했습니다. 날 수가 없었습니다. 큰 날개털이 모두 빠진 친구 꾀꼬리는 아무리 날갯짓을 해도 몸이 떠오르지 않았습니다. 발에 힘을 주지 않으면 물푸레나무의 둥지에서도 떨어질 것만 같았습니다.

닭들의 반란

닭장 안에는 닭들이 많이 있습니다. 닭들은 농부가 주는 사료를 먹고 닭장 안에서 알도 낳고 새벽 시간도 알리려 '꼬끼오' 하고 울었습니다. 닭들은 평온하게 잘 살았지만, 한 가지 걱정이 있었습니다. 그것은 농부에게 잡아먹히는 것입니다.

닭장 주인인 농부는 집에 친척이 오거나 친한 사람이 오면 닭을 한 마리나 두 마리를 잡아 대접하는 겁니다. 농부가 닭장에 들어가서 한 쪽으로 몰면 닭들은 좁은 모퉁이까지 몰리다 결국에 한 마리는 잡히고, 나머지는 빠져나갑니다. 똑똑한 닭들은 농부의 머리를 날아 넘어 도망가기도 합니다.

어느 날, 닭들이 모여 회의를 했습니다. 어떻게 하면 농부에게 잡아먹히지 않을지 상의를 했고 계책을 세웠습니다.

그날도 농부가 닭을 잡으러 닭장에 들어섰습니다. 그때 용감한 수탉 한 마리가 '꼬꼬댁' 거리며 농부 쪽으로 날아갔습니다. '푸드덕' 거리며 눈을 쪼려 하는 바람에 농부는 얼른 두 손바닥으로 눈을 가렸습니다.

그 난리에 농부가 닭장에 들어서며 닫는 닭장 문고리를 놓아 문이 그대로 열려있게 되었습니다. 수탉은 야단스럽게 후다닥거리며 농부에게 달려들었습니다. 농부는 얼굴을 손으로 가리고 주저앉았습니다. 이때 병아리 새끼를 거느린 닭이나 다른 닭들은 모두 닭장 밖으로 나왔습니다. 맨 나중에 용감한 수탉도 나왔습니다.

농부는 기가 막혀 멍하니 멀어지는 닭들을 바라보다 닭장을 나왔습니다.

닭들은 제 세상이 되었습니다. 철망이라는 장애물이 없자 마음껏 돌아다니고 밭을 헤집으며 먹이를 찾았습니다. 이제 세상에서 두려울 것이 하나도 없었습니다. 냄새나는 닭장 안은 생각하기도 싫었습니다. 맑은 공기를 마시며 이리저리 몰려다녔습니다. 날마다 알을 낳아야 하는 닭들은 아무 데나 풀 속에 낳았습니다.

그렇게 시간이 지나 해가 지기 시작했습니다.

닭들은 무서워졌습니다. 집이 없어 풀 속에 있어도 불안했습니다. 이 세상에는 닭을 노리는 짐승들이 수없이 많았습니다. 숲에는 뱀도 살고, 오소리나 여우, 늑대, 독수리, 개까지 울부짖는 소리가 들렸습니다. 무엇보다 배가 고팠습니다. 흐르는 시냇물만 먹고 살 수는 없었습니다. 마침내 한 마리 암탉이

"난 돌아갈 거야. 닭장에는 사료와 물이 얼마든지 있어. 여기서 죽으나 농부에게 잡혀 죽으나 죽는 건 마찬가지야."

그러자 다른 닭들도

"나도."

"나도."

하며 닭들은 '우르르' 농부의 집안 닭장으로 몰려갔습니다. 그러나 용감한 수탉은 갈 수 없었습니다. 주인 농부를 위협했기 때문에 가면 바로 잡혀 죽을 것이 두려웠습니다.

농부는 닭들이 돌아오자 우리의 문을 닫고 닭들에게 사료와 물을 줬습니다. 그리고 한 마리를 잡아갔습니다.

남은 수탉은 외롭고 무섭고 배가 고팠습니다. 그때였습니다. 새끼를 돌보느라 맨 나중에 따라가던 암탉은 닭장 문이 잠기는 바람에 들어가지 못하고 병아리들과 되돌아 왔습니다. 농부가 병아리들을 이끌고 저 멀리 오고 있는 암탉을 보지 못한 겁니다. 수탉은 반가웠지만, 병아리들을 지켜야 했습니다. 그래서 잠도 나무 위 가지에서 반 눈을 뜨고 자야 했지요. 아침이면 밭이나 풀숲을 헤매며 먹이를 찾아야 했습니다.

수탉은 암탉과 병아리들을 이끌고 근처 산으로 갔습니다. 숲속에는 야생 벌레나 씨앗들이 많이 있었습니다.

또다시 밤이 되었습니다. 병아리들이 시끄럽게 하자 배고픈 여우가 소리를 따라 다가왔습니다. 수탉은 어린 병아리를 지켜야 한다는 생각이 들었습니다. 여우가 가까이 오자 수탉은 '꼬꼬댁' 거리며 여우에게 달려들었고, 병아리들은 어미 닭의 다리 밑을 파고 들어가 숨었습니다. 수탉은 날갯짓하며 여우의 눈을 쪼려고 '푸드덕'거렸습니다. 여우는 옆으로 비켜 피하며 생각했습니다.

'나 혼자는 어렵겠는데 친구를 데리고 같이 와야겠어.'

여우는 즉시 그 자리를 피해 돌아갔습니다. 그러자 수탉은 의기양양

하여

'흥, 또 와봐라. 내가 가만두나.'

하고 자기가 무서워 여우가 도망간 줄 알았습니다. 여우는 돌아가는 길에 풀 속에서 닭들이 낳아놓은 달걀을 발견하고 맛있게 먹을 수 있었습니다.

날이 밝자 수탉은 닭들을 이끌고 풀이 더 우거진 곳으로 들어갔습니다. 그런 곳은 풀이 걸려 여우도 잘 다닐 수 없고 벌레는 지천입니다.

다음 날 여우가 친구를 데리고 수탉이 있던 곳을 찾았습니다. 그러나 그곳에는 닭털과 닭똥만 있고, 닭은 한 마리도 없었습니다.

이렇게 되어 야생에서 저절로 자라는 야생닭이 생기게 된 것입니다.

겁없는 멧돼지

멧돼지는 세상을 사는 데 어려움 없이 행복했습니다. 무슨 일을 하든, 뭐라 하거나 달려드는 짐승이 없었습니다. 이 산과 저 산을 마음대로 돌아다녀도 멧돼지를 겁주거나 위협하는 것은 아무것도 없습니다. 숲은 우거지고 사람들은 다니는 길만 다닐 뿐입니다. 다른 걱정이 있다면 먹이가 문제였습니다. 멧돼지들이 많다 보니 먹이가 부족하여 산에서 내려가야 했습니다. 산에서 내려가면 사람들이 농사짓는 논과 밭이 많고 당근이나 고구마 뿌리, 덜 익은 감, 배추나 무, 옥수수가 많습니다. 그곳에 미리 와 작물을 먹고 있는 노루나 고라니들을 보고 '웍!' 하고 소리치면 모두 달아납니다. 그러면 느긋하고 기분 좋게 식사를 하고 산 위로 올라옵니다.

멧돼지가 무서워하는 것이 있다면 그것은 사람이었습니다. 처음에는 멧돼지가 살금살금 뒤로 물러서면 사람들도 뒤돌아 도망가기 바빴습니다. 그러다 보니 멧돼지는 간이 커져 자신이 생겼습니다. 인간을 만나면 머리를 쳐들고 날카로운 앞니를 내보이며 "꾸루룽~" 하는 소리만 내도 인간들은 도망합니다. 그러면 주둥이와 앞니로 땅을 파 칡 뿌리를 캐 먹거나 나무껍질을 벗겨 먹습니다.

그래도 사람들이 모여 사는 동네 근처는 개들이 많아 내려가기가 싫습니다. 묶여있는 개는 짖기만 하지만 풀어놓은 개들은 달려들기 때문입니다.

온 천지가 눈이 덮이거나 새봄이 오면 멧돼지는 할 수 없이 야밤에 동네로 내려갑니다. 밤에 가는 것이 사람들 눈에 덜 띄어 안전합니다. 동네에는 사람들이 먹는 먹이가 집마다 있습니다. 멧돼지는 사람들이 먹는 것은 다 먹을 수 있습니다.

그날도 멧돼지는 추워 벌벌 떨며 동네로 내려갔습니다. 오늘은 외양간 소들이 먹는 사료를 훔쳐먹을 예정입니다. 개 한 마리가 죽어라 하고 짖지만, 고리에 묶여있어서 걱정 없습니다. 그 외양간에 커다란 소두 마리가 큰 눈을 돌리며 "움메~" 하고 울었습니다. 그렇지만 멧돼지는 날래게 외양간으로 들어서자 사료부터 찾았습니다. 벌써 맛있는 사료 냄새가 코를 찌릅니다. 한창 맛있게 먹을 때 개 짖는 소리를 듣고 이 집 주인이 빼꼼히 내다보는 것입니다. 아직은 괜찮습니다. 주인이 신발을 신고 막대기를 들고 올 때 즈음하여 도망가면 됩니다. 그런데 주인은 멧돼지가 무서운가 봅니다. 막대기를 들고 쳐다만 보며 다가오지 않습니다.

의기양양하게 배를 채운 멧돼지는 잽싸게 외양간을 나와 대문 쪽으로 걸었습니다. 이제 산으로 올라가기만 하면 됩니다.

그때였습니다. "꽝" 하며 천지가 무너지는 소리가 나더니 옆구리가 뜨끔하며 힘이 빠졌습니다. 걷기가 힘들었습니다.

'어, 어, 이상하다. 왜 이리 옆구리가 불에 덴 것처럼 뜨겁지? 다리는 걸음이 왜 이리 떼기가 힘이 드는 거야. 안 되겠어. 잠깐만 쉬었다 가야겠어.'

멧돼지는 대문을 나서지 못하고 문간에 주저앉았습니다.

집주인이 들고 있던 막대기는 총이라는 것이었습니다. 주인은 소가 다칠까 봐 멧돼지가 외양간을 벗어나자 총을 쏜 것입니다. 또 이때가 멧돼지 포획 기간인데, 알 리 없는 멧돼지는 평소대로 산에서 내려왔던 겁니다.

질투 때문에

들고양이는 집이 어딘지도 잘 모릅니다. 엄마를 떠나 멀리서 왔기 때문입니다. 하지만 언제부터인지 농부의 집 근처에 가서

"야옹, 야옹, 야옹!"

하고 몇 번만 울면 농부 집에서 사람이 나와 먹을 음식을 주며

"배가 매우 고팠어? 쥐는 못 잡았니?"

이런 말을 하며 먹이를 줍니다. 그렇게 여러 날을 지내다 보니 들고양이는 농부 집과 친해졌습니다. 그래서 들에서 놀다가도 배가 고프면 농부 집으로 가 "야옹!"을 하곤 했습니다.

어느 날, 농부는 시장에서 토끼 한 쌍을 사 왔습니다. 농부가 농사짓고 버리는 채소가 너무 많아 일부라도 토끼에게 주기 위함입니다.

토끼 우리는 쇠창살로 짐승들이 드나들 수 없었습니다. 농부네 집사람들은 채소나 고구마잎, 혹은 과일도 넣어주는데 토끼들은 맛있게 잘 받아먹었습니다. 또 토끼들은 사람의 발걸음 소리만 나도 이번에는 무슨 먹이를 줄까 하고 궁금해져 토끼장 문가로 나와서 기다렸습니다.

다음날입니다.

토끼가 무잎을 갉아먹는데 들고양이가 다가와 물었습니다.

"너희들 어디서 왔어?"

"우리는 시장에서 왔는데 전에 우리를 키워주던 농부가 우리를 팔았어."

"뭐? 그런데 너희들은 왜 내게 반말하며 인사도 안 해? 내가 여기서 얼마나 오래 산 터줏대감인데."

"네가 뭔데 우리가 너에게 인사를 해야만 하니? 우린 이제껏 이렇게 살아도 주인들이 물도 떠주고 귀여워만 해주더라."

들고양이는 화가 났습니다. 이제껏 농부가 집을 지어준 적도 없고 물 한번 떠준 적도 없었기 때문입니다. 이 토끼들 때문에 먹이라도 제대로 얻어먹을 수 있을지 걱정이 들었습니다. 이제껏 받던 사랑을 토

끼들에게 빼앗길 것이 염려되었습니다. 화가 치밀은 들고양이는

"아니, 보자 보자 하니 이것들이!"

들고양이는 오른발을 토끼 집 창살 안으로 넣으며 위에서 밑으로 힘주어 '확' 긁었습니다.

"앗! 아야."

토끼 한 마리가 앞 두 발로 아픈 눈을 감쌌습니다. 그리고 '팔딱팔딱' 뛰며

"끄에엑, 끄에엑, 끄에엑!"

하며 울어댔습니다. 이 울음소리와 소란에 농부 집에서 사람들이 뛰어나왔습니다. 사람들은 피가 나는 토끼의 눈가 상처와 고양이를 바라보며

"이놈, 들고양이! 너 이제 우리 집에 오지 마. 와도 이제 먹이는 절대 안 줄 거야."

하면서 고양이를 향해 때릴 듯이 손을 높이 쳐들었습니다. 놀란 고양이는 부리나케 담장을 뛰어올라 도망쳐야만 했습니다.

자작나무와 벗나무

산에 자작나무 군락지가 있었습니다. 이 나무들은 봄, 여름, 가을, 겨울에도 항상 하얗고 똑바로 잘 자랍니다. 잎이 크고 무성해짐에 따라 껍질도 자주 벗습니다. 굵어질 때마다 표피를 조금 벗고 나면 하얀 속살이 나오고 얼마간 시간이 지나면 하얀 살은 더욱 새하얀색이 됩니다. 그리고 시간이 가면 다시 얇은 껍질로 바뀌어 갈라지고 가을이 갈 때쯤 되면 아주 작은 껍질을 떨굽니다. 그러면 다시 하얀 살이 나오니 항상 하얗게 보입니다.

자작나무 숲 옆에는 배롱나무가 한 그루 자라고 있습니다. 배롱나무 역시 황갈색의 매끈한 몸을 가지고 빨간 꽃을 피우며 자랐습니다.

그런데 근처에 벗나무가 또 한그루 있었습니다. 벗나무는 자작나무가 껍질을 벗고 하얀 속살을 보이는 것이나 배롱나무가 황갈색의 미끈한 몸매를 가진 것이 너무 부러웠습니다. 벗나무는 자작나무나 배롱나무처럼 하얗고 늘씬한 나무가 되어보는 것이 꿈이었습니다. 그래서 자작나무나 배롱나무에게 어떻게 하면 되는지를 물어가며 실행에 옮겼습니다.

　나름대로 벚나무는 물과 양분도 조금씩만 섭취했습니다. 그러자 벚나무는 점점 말라갔습니다. 그러자 흑회색의 껍질도 점점 줄어들었습니다. 그런데 나무는 날이 갈수록 힘이 없어져 갔습니다. 드디어 벚나무는 껍질이 조금밖에 남지 않았습니다. 근처 나무들은 모두 보기 좋다고 칭찬을 했습니다. 그러나 늙은 나무들은 그렇게 하지 말라고 걱정을 하며 주의를 줘도 벚나무는 듣지 않았습니다.

　겨울이 왔습니다. 날이 추워 껍질이 없는 벚나무는 얼어 죽을 것만 같았습니다. 위의 가지가 말라가기 시작했습니다. 그래도 날씬해지려고 물과 양분을 참고 조금씩만 먹었습니다.

　가을이면 벌레들이 나무껍질 사이 틈에 알을 낳기도 하지만 나무에 구멍을 뚫고 낳기도 합니다. 그리고 부화합니다. 벚나무에는 껍질이 얼마 없으니 껍질 벌레는 다른 나무로 갔습니다. 그러나 나무 구멍을 뚫고 알을 낳는 벌레들은 신이 났습니다. 나무껍질이 없으니 구멍 뚫기가 너무 쉬웠습니다. 여기저기에는 수많은 구멍이 셀 수 없이 생겼습니다.

　드디어 따뜻한 봄이 왔습니다. 벚나무는 물과 양분을 조금씩 뿌리로 빨아올렸습니다. 그런데 이 물과 양분을 구멍 속의 애벌레들이 모두 빨아먹었습니다. 벚나무는 잎을 파랗게 할 물이 없습니다. 가지를 축 늘어뜨린 벚나무는 가지가 하나둘 말라오기 시작했습니다. 그리고 그해에는 힘이 없어 꽃도 피우지 못했고 점점 뿌리 쪽으로 말라 죽어 갔습니다.